MISHIMA YUKIO

三島由纪夫

作品系列

潮骚

译者 = 王述坤

MISHIMA YUKIO

三島由纪夫

上海译文出版社

第一章

歌岛[①]，是个周长不足四公里、人口一千四百人的小岛。歌岛最美的风景有两处，面朝西北修的八代神社是其中一处，坐落在岛子最高处。

该岛位于伊势湾湾口，整个伊势湾海域从这里可以一览无余。知多半岛在正北方几乎近在眼前，渥美半岛从东向北延伸，西面则隐约可见从宇治山田[②]一路延伸到津市[③]乃至四日市市[④]的海岸线。

顺着石头阶梯拾级而上爬过二百级，来到一对石狮子护卫的牌坊[⑤]那里，回首远望，那一派远景环抱的伊势海湾尽收眼底，宛若远古的伊势海景。这里本有棵“牌坊松”，枝丫交错构成牌坊形状，刚好将风景镶嵌进“画框”，不过几年前已经枯死。

松树还不太绿，而海岸附近海面被春天的海藻染得通红。来自西北的季风不断从津市港口吹来，在此处欣赏美景难免让人感到几分寒意。

八代神社供奉着海神[⑥]。对海神这种信仰从渔民们生活中自然产生，他们总是祈求海上风平浪静，倘遭难获救，他们则把向这所神社奉纳香资视为头等大事。

八代神社有珍宝六十六面铜镜。既有八世纪的葡萄镜[7]，又有中国六朝时代的古镜复制品，后者在日本仅有十五六面。宝镜背面雕刻的鹿或松鼠之类是远古从波斯森林中历经水旱两路万里迢迢长途跋涉穿过半个地球，代代繁衍至今定居在该岛上的物种。

另一风景最美之处是岛上东山山顶附近的灯塔。

灯塔矗立于断崖之上，下面伊良湖航道上的海流涛声不绝于耳。连接伊势海域和太平洋的狭窄海口，在有风浪之日会卷起不少旋涡。航道东边，渥美半岛尖端近在眼前；在一片乱石横躺竖卧的荒凉海滩上，矗立着伊良湖海角的小小无人灯塔。

从歌岛灯塔向东南方向瞭望，可望见太平洋的一部分；越过东北方向的渥美湾再往远看，在西风强劲的破晓，有时在群山的远处可以望见富士山峰。

---

① 歌岛，即介于伊势湾口、志摩半岛与渥美半岛之间海中的“神岛”，方圆 3.9 公里，面积 0.76 平方公里，行政归属日本三重县鸟羽市所辖。

② 宇治山田，位于日本志摩半岛南部，1906 年两地区合并为宇治山田市，1955 年行政已改为伊势市。

③ 津市，日本三重县中部、面向伊势湾的一个行政市，现为县厅所在地。

④ 四日市市，日本三重县北部、面向伊势湾的一个行政市。

⑤ 原文作“鳥居”，象征神社地域的一种牌坊，类似中国的牌楼。

⑥ 原文作“綿津見命”，日本人传说的海神。

⑦ 葡萄镜，全名为“海兽葡萄镜”，系背面有海兽和葡萄图案的古镜，流行于中国唐代，是代表唐代铜铸技术的青铜镜之一。小说中所说系指从中国进口之物。

进出名古屋港、四日市港的海轮，穿行于伊势湾内和外海里散在的无数渔船之间通过伊良湖航道时，灯塔观察人员可马上在望远镜中看清轮船的名号。

三井船舶公司的货船、一千九百吨位的“十胜丸”号进了望远镜视野，可以看得到两名身穿淡蓝色工装的船员一边踏步一边交谈。不一会，又看到英国轮船“塔利斯曼”号进港，船员在上甲板玩套圈的身影虽小但看得很清楚。

灯塔观察人员正在值班室办公桌前将船名、信号电码和通过时间、方向记入船舶通过报表的本子上，并将其编成电文发往有关方面。这样，在港口的货主即可及早做好卸货准备。

一到下午，落日被东山遮挡，灯塔周围昏暗起来。老鹰在明亮的大海上空翱翔，它在高空俨然要验证一下翅膀的力量，轮番鼓动两翼，刚要下降却突然在空中后退，然后借气流变为滑翔状态。

将近日暮时分，一位青年渔民手中提着一条很大的比目鱼，急匆匆地从村里上了去灯塔的上坡路。他前年才从新制中学[①]毕业，才十八岁，身材魁梧高大，唯独脸上未脱的稚气尚能与其年龄相称。他的肌肤已晒得不能再黑了，端庄的鼻子也是岛民特

---

① 新制中学，指日本根据在1947年实施的“学校教育法”改制的中学，采用六、三、三、四学制，义务教育改为九年。

色，而嘴唇却满是皲裂。水汪汪的大眼睛晶亮清澈，这是大海对在海里讨生活的人们的恩赏，但那眼睛却绝不是那种知性的清澈，他在学校的成绩是相当糟糕的。

今天他全天穿着捕鱼工装——死去的父亲留下的西裤和质地粗劣的夹克。

青年已穿过恬静的小学校园，走上了水车旁的坡道。顺石阶拾级而上，就到了八代神社背后。神社院子里，笼罩在苍茫暮色中的桃花一派白茫茫景象。从那里再上坡，不消十分钟就能到灯塔。

这条路也实在崎岖不平，不熟悉的人走这条路恐怕大白天都要跌跤。不过，这位青年就是闭上眼睛，他的脚也能在黑暗中分辨出哪是松树根哪是岩石。即便像现在这样边思考边走路，他也不会跌跤。

就在刚才夕阳尚未落山时，载着这位青年的“太平丸”号回到了歌岛港。青年和船主及另一伙伴一起每天开着带发动机的小汽船出海捕鱼。回港后，将捕到的鱼装到合作社[①]的船上，又将小船推拉上岸后，青年手提着要送给灯塔长家的比目鱼打算先回一趟家。他沿着海滨来到这里时海滩上天色将黑，很多渔船正在被

① 原文作“組合”，全称为“協同組合”，指农、林、渔业人员及中小工商业者或消费团体为其事业或生活的改善共同进行经济活动的组织。小说中所指相当于渔业工会或渔业合作社。

人们拖拉上岸，一片喊号子声，很是喧闹。

一位陌生少女将一个被称为“算盘”[①]的坚固木框立在海边沙地上，正在靠着木框休息。那木框本是用绞盘往岸上拖船时放在地面承载船底的一种工具，船靠这些垫底就能一点点被拉上去。看样子少女好像刚拖拉完船，正在那里稍事休息。

那少女满头大汗，面色绯红得像燃烧的火，尽管西风相当凛冽，但少女因为刚干完活，绯红的脸迎着风，长发随风飘逸，似乎在享受着那种清凉。她上身穿着棉坎肩，下身穿着干活时穿的紧裤脚灯笼裤，手上戴着脏污的劳作手套。健康的肤色和其他女人无异，但眉眼间却有几分清亮娴静。她目不转睛地盯看着西边海面。那边黑云密布之间，夕阳余晖留下的一抹红霞正在西沉。

青年没见过这姑娘。按说歌岛上没有不认识的面孔，所以一眼即可判断少女是岛外人。可少女的装束却不像是岛外人，只是她独自入神地凝望大海的姿态，和岛上那些快活的女人很不相同。

青年特意从少女面前走过。他站在正面仔细端详少女，就像孩子在端详什么新鲜玩意儿。少女轻轻地皱了下眉头，她的眼睛并没有看青年，仍然一动不动地盯着海面。

寡言的青年审视一完，便快步离开那里。当时，一种充满好奇心的幸福感使他变得晕晕乎乎，待到这样不客气地端详人的行

① 原文作“算盤”，这里并非是计算用的算盘，而是一种用绞车拖拉渔船下海、上岸时垫在底下的方形木框，目的是减小摩擦力。

为在他脸上唤起羞耻感时已过良久，是他开始爬坡走上通往灯塔的山路以后的事情了。

青年从一排松树间眺望着眼前的大海，明月升空前的大海还是一片黑暗，但波涛轰鸣声却是越来越响。

从“女坡”①——传说在这里会迎头碰上身材高大的女妖——一拐弯，便看得见灯塔居高临下的明亮窗口，那强光使青年感到很刺眼。因村里的发电机已坏了好久，村里只能见到油灯的光亮。

之所以这样屡次给灯塔长家送鱼是为了谢恩。新制初中毕业之际，该青年因考试不及格差点留级一年而不能毕业。青年的母亲因常去灯塔附近拾松叶当引火柴而认识了灯塔长夫人，所以就去跟夫人说，如果留级一年家里的日子就过不下去了，夫人告诉了灯塔长，灯塔长专门去见了关系亲密的校长，多亏这，青年才逃过留级得以毕业。

一毕业青年便出海打鱼了。经常给灯塔长家送捕捞到的海鲜，并帮忙买东西。这样，青年很受灯塔长夫妇的疼爱。

通到灯塔顶的混凝土楼梯前面有灯塔长的官舍，官舍紧靠着一小片农田。透过厨房玻璃门，看得见夫人的身影在晃动，好像在准备晚饭。青年在外面招呼了一声，夫人便把门打开。

---

① 原文作“女の坂”。在日本，通往建于高处的神社、寺院等的两条坡道中，坡度较缓的称“女坂”，坡度较陡的称“男坡”。小说中所说碰上女妖的事，或是当地百姓出于迷信将“女坡”神怪化了。

“啊呀！是小新治呀！”她接过青年默默递过来的比目鱼，高声喊道：

“他爸爸！久保家送鱼来啦！”

灯塔长质朴的声音在里面应答：

“总是这么客气呀，太谢谢啦！好！请进家里来吧！新治君！”

青年站在厨房门口，有点害羞。比目鱼已被放进白色的珐琅大盘里，它那微微喘息的鳃里有血流出，染红了光滑的白色鱼身。

第二章

次日早晨，新治又上了老板的船出海了。破晓，微阴的破晓天空将海面映照成白茫茫一片。

到渔场要行驶一小时。新治穿着夹克站在船头，他围着的黑色橡胶围裙盖住了前胸到膝盖，手上戴着长长的橡胶手套，一边眺望着船行进前方的太平洋方向灰蒙蒙的上空，一边回想着昨夜从灯塔回来直到睡觉之前的事情。

……小小的房间灶台旁吊着昏暗的油灯，母亲和弟弟等待着新治的归来。弟弟十二岁了。自从战争最后那年父亲遭到机枪扫射去世后，一直到新治像这样出海打鱼，这段时间是靠母亲一个女人家当“海女”①的收入来支撑全家生计的。

“灯塔长很高兴吧？”

“嗯，还让我进屋招待我了呢！给我喝了名叫‘可可’的东西！”

“可可是什么东西？”

“西洋的年糕小豆汤吧。”

母亲对烹饪一窍不通。只知道要么做成生鱼片，要么做成醋拌凉菜，不然就整个烧烤，或者下锅煮全鱼。现在盘子里就摆着新治捕捞来的绿鳍鱼，是下锅煮的全鱼。也没有好好洗净，吃鱼的时候往往是连泥沙一起囫囵吃下。

新治盼望着饭桌上母亲会说到那位陌生少女，但母亲是一位既不爱抱怨，也不喜欢背后议论的人。

饭后，新治带弟弟去公共澡堂洗澡，他是巴望在公共澡堂听到有关那位少女的传闻的。时间已晚，澡堂很空，洗澡水也很脏了。合作社负责人和邮局局长正泡在大池里高谈阔论政治问题，破锣嗓音被天棚反射回来发出很响的回声。兄弟俩对他们默默致意后，进到边上的大池子里。但无论怎样侧耳倾听，那二人的政治话题也没有转向少女的传闻。此间弟弟已很快地出去了，新治也只好一起出去，一问原委，原来弟弟阿宏今天玩刀剑打仗游戏时，用刀打到了合作社负责人的儿子的头，把他弄哭了。

当晚，平素倒头就能睡着的新治奇了怪了，进了被窝还一直睁大着眼睛。从不得病的这位年轻人变得忧心忡忡：自己这是不是病了呀？

……这种莫名其妙的不安到了今晨也没有消失。不过，新治站立的船头前面是一片广袤的大海，他一看见大海，便浑身充满了熟悉的、想要劳动的勃勃生机，因而也就不能不感到一种心安气定。马达的震动带动小船微微颤抖，凛冽的晨风吹打着青年的

① 海女，以潜入海底捕捞鱼贝、海藻类为业的女人。

面颊。

因天色已明，右方断崖高处灯塔的光已显不出多亮。在早春褐色的众多树木之下，伊良湖航道上波涛溅起的飞沫在朦胧的晨景中白花花一片，十分显眼。航道水深八十寻[①]到一百寻，而暗礁上部水深仅有十三寻到二十寻。要是大船过这个航道，就必须从浪花翻滚的两处暗礁间的狭窄航道通过。“太平丸”号小船由老板熟练摇橹顺利地通过了航道的旋涡。从航道标识的浮标一带起一直到太平洋方向，水中沉下了无数的捕章鱼陶罐。

歌岛的海产年间捕获量八成都是章鱼。十一月开始的捕章鱼旺季已近尾声，春分时节开始的长枪乌贼汛期即将到来。伊势海水很凉，章鱼要到太平洋深海避寒，人们就用捕章鱼陶罐守株待兔来捕捉这种所谓“落蛸”，但现在这个季节已经结束。

歌岛太平洋一侧的浅海对老把式渔民来说，海底的边边角角都谙熟于心，宛若熟悉自家的院子。

“海底要是很黑，我们就和盲人按摩师一样啊。”

他们每每这样说。他们用罗盘来辨别方向，比照远处海角的群山，用比较的落差来判断船的方位。知道了船的方位，便了解了海底的地形。每根缆绳上都分别拴着一百多个捕章鱼陶罐，分几列有序地沉入海底，缆绳上安放的很多浮标随着潮水的涨落

---

① 寻，日本常用长度单位。一般指两手向左右平伸左右指尖间的长度，大约 5—6 尺（1.515—1.816 米）。在表示水深时，一般为 6 尺（1.816 米）。

而上下摇动。捕捞技术方面由老练的船老大一手掌握，他既是船主，又是老板。新治和另一个青年龙二只消努力干好适合自己的力气活就行了。

船老大大山十吉的脸好像被海风揉过的皮子，甚至连深深的皱纹里面都被晒得很黑，他的手上究竟是污垢渗入皮肉的皱褶，还是捕鱼时落下的伤痕已无从分辨。他是个不苟言笑的人，总是十分冷静，固然指挥捕捞时声音很大，但从不因为生气而大声训人。

十吉在捕捞作业时一般不离开摇橹岗位，他用单手操控发动机。一来到深海，会碰上刚才没有见到的很多渔船聚集在一起，互相进行早晨的寒暄。十吉减小了油门，一到自家渔场后，便向新治发出信号，让他将传动带装在发动机上，并将其卷在船舷的滚轴上。船沿着捕章鱼陶罐的绳索慢慢行进之间，这个滚轴带动船舷上的滑轮，青年们将捕章鱼陶罐的绳索挂在滑轮上，一个接一个地把罐子拉上来。如果不持续用手捯，绳索就容易滑脱，而且要将饱含海水变得很重的绳索从海里拉出，也需要人工出力。

地平线上的云下，微弱的阳光笼罩着海面。两三只鱼鹰在海面上游弋，将长长的脖子伸出水面。放眼向歌岛方向望去，朝南的悬崖被成群栖息的鱼鹰的粪染得雪白。

寒风凛冽，新治将绳索挂到滑轮上，同时望着深蓝色的大海，感到身上将要迸发出让自己大汗淋漓的劳动的活力。滑轮开始转动，海水浸湿的沉重绳索从海中被拉上来。新治的手隔着手套的一层橡胶握住冰冷结实的绳索。被捯上来的绳索在通过滑轮时，会溅落一片冷雨般的飞沫。

接下来，出水的捕章鱼陶罐露出它那土红色的真容。龙二严阵以待，罐中如空无一物，那么就不让罐子碰到滑轮而飞快地倒空罐中海水，再任凭它随着绳索下降到海里。

新治两腿分开，一只脚踏在船头，似乎在和海里某种东西进行着冗长的拔河比赛，绳索一段段从手中捯过。新治赢了，但大海实际上也没输，连续不断地把空罐送过来，好像在嘲笑他们的一无所获。

间隔七米到十米一个的捕章鱼陶罐已经有二十几个都是空空如也了。新治在捯绳索。龙二在倒出罐中海水。十吉不动声色地手把着橹，默默地注视着两个小伙子干活。

新治后背已开始慢慢地变得汗津津的了。暴露在晨风中的额头上汗珠在闪闪发光，脸上火烧火燎的。太阳终于穿过云层将青年们生龙活虎身姿的淡淡身影投射到他们脚下。

龙二没有面朝大海，他将拉上来的捕章鱼陶罐面向船里底朝上倒扣过来。十吉停住滑轮，这时新治才回头看陶罐。龙二用木棍向罐中戳，轻易没有东西出来。再用木棍在罐中乱捣，章鱼这才好像午觉睡得正香被弄醒的懒鬼一般，不太甘心地滑出，全身蹲伏在船板上。机械室前的鱼槽盖弹开，今天的首次收获发出钝响落入槽底。

“太平丸”号一上午几乎都在捕捞章鱼。收获仅为五条。风住了，阳光明媚。“太平丸”号穿过伊良湖航道回到伊势海域。那里是禁渔区，他们要偷偷地进行“拖钩筢捞”。

所谓“拖钩筢捞”，就是船在水中走，人在船上用一连串结实的钓钩像筢子一样筢过海底来捕捞鱼儿的方法。很多条装着钓钩的绳索平行地装在缆绳上，再把缆绳水平地沉入海中。一段时间后将缆绳提起，四条牛尾鱼和三条牛舌鱼从水中弹跳出来。新治用没戴手套的手将鱼从钓钩上摘下，牛尾鱼露出白肚皮趴在满是鱼血的船板上。牛舌鱼那藏在皱褶中的小眼睛和湿漉漉的黑色身体上都映出蓝天。

到午饭时间了。十吉将捕捞到的牛尾鱼放在发动机盖子上切成生鱼片，然后将其分别放入三人的铝质饭盒盖里，并倒上用小瓶带来的酱油。三人拿过饭盒，饭盒里装着麦饭，饭里塞进了二三片腌萝卜。他们任凭船在平缓的波浪中摇晃。

“宫田家照老爷子叫回了女儿，你们知道吗？”十吉突然问道。

“不知道。”

“不知道。”

两个青年摇摇头。于是，十吉打开了话匣子：

“照爷有四个女儿一个儿子，女孩多，所以三个嫁了人，一个送人当了养女，就是那个最小的叫初江的姑娘，被送给志摩老崎[①]的海女家啦！可是呢，独生子松哥去年害肺病死去后，鳏居的照老爷子突然感到孤独寂寞起来啦！把初江叫回来，恢复了户籍，打算招个养老女婿呢！初江出落成漂亮大姑娘，小伙子们都想去当养老女婿，棒极了吧？你们俩小子，怎么样呀？”

新治和龙二面面相觑地一笑。两个人都红了脸，但是被太阳晒过了头，看不出红晕。

新治心中，刚才话题中的姑娘和昨天在海边见到的姑娘两个影像紧密地重合起来了。但同时，他意识到自己的贫穷而失了信心，故而，在他想来，自己与昨天在近处端详的姑娘是咫尺天涯，可望而不可及。因为宫田照吉是个财主，是山川船运公司两艘机帆船——一百八十五吨“歌岛丸”号和九十五吨“春风丸”号的船主，还是个出了名的爱训人的厉害角色，训起人来，满头狮子鬃毛样的白发会竖立起来。

新治的想法总是很现实。他想，自己还只有十八岁，考虑女人问题还为时尚早。城市成长的少年很容易受声色犬马环境的刺激，而歌岛毕竟不同，既没有一家弹子房和酒吧，也没有一个陪酒女。这位年轻人质朴的梦想，便是将来有自己的机帆船，和弟弟一起从事沿海运输工作。

新治周围虽有广袤的大海，但他没有不着边际的海外雄飞的

① 日本志摩半岛上一个地名。

梦。大海，对于渔民来说，其观念近似于农民所拥有的土地。大海是讨生活的场所，是这样一种“土地”——这里没有稻穗和麦穗，代之以形状不定的白色“麦浪”，在清一色蔚蓝、敏感的“柔土”上，不断随风翻滚。

……尽管如此，那天捕捞工作接近尾声时分，青年还是怀着一种异样的感动，看到一艘白色货轮迎着晚霞行驶在地平线上。世界，以一种从前想也没想过的偌大规模从远方迫近。这个未知世界的印象就像远处的雷鸣，远远传来轰轰巨响后又消失殆尽。

船头地板上，一只海星干死在那里。坐在船头的青年将目光从晚霞中收回，轻轻地摇了摇缠着厚厚白毛巾的头。

第三章

当晚，新治去了“青年会”的例会。从前年轻小伙子们有个被称为“寝屋”[①]的共同寄宿制度，该制度改成了“青年会”这个名称。如今也是一样，很多小伙子不喜欢睡在自己家，而喜欢睡在海边破烂不堪的窝棚里。他们在那里认真地进行热烈争论，话题是教育、卫生、海上救助，还有自古以来就一直被作为男青年传统项目的舞狮子、跳盂兰盆舞等。只要人在那里，小伙子们就会感到自己和公共生活息息相通，从而痛快地体味到一个成年男子应肩负使命的分量。

放下的遮雨窗被海风吹得呜呜呜叫，油灯灯火摇曳，忽明忽暗。外面夜间的大海逼近到跟前，潮水的轰鸣声总是对着青年们灯影斑驳的快活面孔，宣示着大自然的躁动和力量。

新治进去时，灯下一个青年正匍匐在地让朋友用生了锈的推子在给他理发。新治微微笑了笑靠墙坐下，双手抱膝，他总是这样默默地听别人讲话。

青年们互相吹嘘当天捕捞的收获，高声笑闹，相互不客气地恶语相骂。喜欢读书的青年吃力地阅读着这里准备的过期杂志；有的则以同样的热情在埋头看漫画，用和年龄不相称的大骨节的手来按住书页，看不明白某一页漫画的幽默含义，思考两三分钟后，才会心地笑起来。

在这里，新治也听到了关于那位少女的传闻。一个齿列不整的少年咧开大嘴笑了一声后说：

“要说初江姑娘嘛……”

他的话一部分进入了新治的耳畔，但后续的话因为人声嘈杂加之混进了另外的笑声，所以听不清楚了。

新治曾是个根本不思考的少年。但是，初江这个名字就像一道难题煎熬着他的心。仅仅听到她的名字就面颊发烫，心跳不止。虽然就这样平静地坐着，却发生了只有在重劳动中才会有的反应，这使他感到有点可怕。他用手掌在自己脸上贴了贴，感到满脸发烫，似乎变成了别人的脸。一种连自己都不明白的东西的存在挫伤了他的自尊，愤怒使他的脸颊变得更红。

大家就这样都在等待支部长川本安夫的到来。安夫虽然才十九岁，但因为生在有门第的家庭，自有一种号召力。虽然年纪轻轻，但已经会摆架子了，参加集会一定要晚到。

门被爽快地打开，安夫进来了。他已相当肥胖，遗传了酒鬼父亲的红脸膛。虽然不怎么招人恨，但略显稀疏的眉毛看起来有

---

① 原文作“寝屋”，日语本意多为“洞房”之意。在本书中，实际上指的是乡村中的一种集体外宿的沙龙式活动。

点刁滑。他伶牙俐齿地操着一口标准话说道：

“来晚了，实在抱歉。那么，咱们就赶紧开始商量下月的活动吧！”

安夫说完这句话，便坐在桌子前打开了笔记本。不知为什么他有点心急火燎的。

“以前的计划嘛，嗯，就是召开敬老会和运石材整修农用道路。另外，还有村议会的委托，就是清理下水道消除鼠患。这些工作嘛，那什么，都要在不能出海的坏天气的日子里进行。抓老鼠当然什么时候都行。你就是在下水道以外的地方打死了老鼠，警察也不会抓你嘛！”

大家笑了。

“啊哈哈！说得好！说得好！”有人在瞎起哄。

有人提出委托校医举办卫生讲座，还有说举办讲演比赛等，但旧历年刚过完，青年们对搞节目已经有点腻歪，所以对这些提案并不热心响应。接着开始集体评论刻蜡版印刷的机关杂志《孤岛》，喜欢读书的青年在谈完随感后，引用了据称是魏尔伦[①]的几句诗，成了大家攻击的目标。

“我不知为什么，

我那悲哀的心，

① 保尔·魏尔伦（Paul Verlaine，1844—1896），法国诗人。

惶恐地张开疯狂的双翅，在大海中翱翔……”

“什么叫‘惶恐地’呀？”

“‘惶恐地’就是‘惶恐地’呗！”

“正确的是不是应该是‘慌慌张张’呀？”

“对呀对呀！应该是‘慌慌张张地张开疯狂的双翅’才通顺。”

“魏尔伦是谁呀？”

“法国的伟大诗人啊！”

“什么呀！鬼晓得啊！是从哪儿的流行歌曲里扒来的吧？”

例会，就总是如此这般地以言来语去的笑骂结束。支部长安夫匆匆回去了，不明就里的新治抓住一个同伴打问原因。

“你不知道啊？”同伴说，“宫田家照老爷子女儿回来举行宴会，安夫受到邀请去赴宴了呀！”

新治平素总是跟朋友谈笑风生地回去，但今天他一反常态，不一会儿就独自溜出来沿着海边走向八代神社的石阶。他在斜坡上密密麻麻的房子中，找到了宫田家的灯火。哪家的灯火都是油灯。新治虽然看不见宴会上的情景，但他感觉油灯那不安分的灯焰一定会让少女那恬静的眉毛和长长睫毛的影子在她脸上摇曳不止。

新治来到石阶下，抬头仰望那二百多级白色石阶，松影斑驳地落在石阶上。他走上石阶。木屐反弹出清脆的声音。神社周围空无一人，神官家里的灯火也已熄灭。

新治一口气跑完二百多级，却脸不红心不跳，但他那厚实的胸脯到了神社前也谦卑地前倾以示敬意。新治往香资匣里投入十日元硬币，又狠了狠心再投一枚十日元硬币。他合十击掌的声音响彻庭院，与响声同时，他心里默念的祈祷词句是：

“恭请神明庇佑大海风平浪静，出海捕捞满载而归，渔村日益兴旺！我虽然少不更事，但求保佑我不久即能成长为合格渔夫，成为对大海、鱼儿、舟船、天气等了如指掌，对一切都驾轻就熟的行家里手！请保佑我的慈母和幼弟！在海女下海的季节，请保佑海中的母亲远离各种祸殃！……还有个不情之请，那就是不久以后，也请赐予我温柔漂亮的媳妇！……就像回归宫田照吉家的姑娘那样的……”

阵风吹来，松树的枝丫发出啸响。风吹到昏暗的神社深处，发出庄严肃穆的松涛声，使人油然感到似乎海神欣然接受了青年的祈愿。

新治仰望星空做了个深呼吸。他想：

“这样任性的祈祷，神明会不会惩罚我呀？”

第四章

接着过了四五天是个大风天。巨浪越过了歌岛港的防波堤飞溅出高高的水花，大海到处都是白浪滔天。

虽然是晴天，但因暴风全村停止捕鱼作业，所以母亲求新治办件事。母亲求新治上午干完青年会布置的运石材工作后，去将她在山上拾到的当柴烧的树枝运回来。树枝藏在山上陆军观测所旧址里，上面拴着红布条的就是母亲采集的。

新治背着运树枝的木架离开了家。去取树枝的路要经过灯塔。从“女坡”一拐弯，风奇迹般地停了。灯塔长家鸦雀无声，或许在午休。灯塔值班室里，可以看到桌旁坐着值班员，听到收音机里音乐在回响。新治在走上灯塔背后松林的陡坡路时，已经出汗了。

山上静悄悄的，不仅空无一人，而且连一条瞎转悠的野犬都没有。因为出生地守护神的忌讳[①]，这个岛子不要说野犬，就是家犬也没有一条。因为全是坡道，地面又狭小，所以连运货的牛马也皆无。要说家畜，那就只有那些家猫们了。村子里一排排房子之间有着铺石子的小路，小路上清晰地落下一所所房子高高低低的影子，家猫们用尾巴尖轻抚着那些影子悄然走下来。

青年登上了山顶。这里是歌岛的最高处。然而围着大片杨桐、茱萸等灌木和高草，所以视野并不开阔，只能听到喧嚣的涛声从草木之间传来。从这一带向南走的路，都几乎被灌木、高草所侵占，要去观测所旧址须绕很远的路。

走了一会，看得见松林沙地远处的钢骨混凝土三层楼建筑了，那就是观测所旧址。万籁俱静，渺无人烟，这白色废墟显得有些神秘莫测。士兵在二楼阳台上用望远镜观测，确认炮弹的命中率，那些炮弹是从伊良湖海角对面小中山试射场打出的试验弹。室内的参谋问落在何处，士兵作答。直到战争结束，这里一直重复着这种生活，粮秣不知不觉中日渐减少，宿营的士兵们总是归咎于貉子精作祟。青年瞄了一眼观测所的一楼，成捆的干枯松叶堆积成山。一楼好像被用作储藏室，因窗户极小，故而其中也有玻璃完好的窗户。借着微弱的光线，他立马发现了母亲做的记号——在几捆柴上拴有红布条，上面有黑笔写的母亲的名字“久保富”，字体幼稚而笨拙。

新治放下后背的木架，将成捆的枯松叶和木柴绑在木架上，考虑到好久不来观测所了，马上下山未免可惜，便暂时放下木柴

---

① 原文作“産土神”，指出生地守护神。因为神灵所在是神圣之地，忌讳野狗野兽，所以该岛没有家畜、走兽。但猫被认为能占卜天气，对渔夫很重要，所以猫是例外。

登上了混凝土楼梯。

这时，上方响起了木石相碰的轻微响声。青年侧耳静听，声音没有了。他想，一定是心理作用。

走上楼梯，废墟的二楼有一扇既无玻璃又无窗框的窗子，窗外周围是一片落寞的海。阳台上的铁栅栏已经缺失。半黑色的墙壁上留有士兵们的粉笔涂鸦。

新治再往上走，从三楼的窗户将目光停留在倒塌了的挂国旗的旗杆上时，实实在在地听到了人的啜泣声。他跳起身来，迈开穿着运动鞋的轻巧脚步飞奔至屋顶。

看到猛然出现在自己眼前的青年的身姿，大吃一惊的反倒是对方。本来哭泣着的穿木屐的少女紧张得止住哭声惊呆了。那是初江。

青年为这意想不到的幸福邂逅怀疑起了自己的眼睛。二人好像在森林中互相遭遇的动物，惊奇交集，只是互相对看呆呆而立。过了一会，新治问道：

“你是初江小姐吧？”

初江不由自主地点了点头，接下来对对方知道自己的名字露出一种吃惊的表情。但是，这个拼命逞强的青年诚实的黑眼睛，似乎让她想起曾在海边盯看自己的年轻的面孔。

“刚才哭的是你吗？”

“是我。”

“为什么哭啊？”

新治的盘查好像警察一样。

少女倒回答得很爽快，她说，其实灯塔长太太召开了一个礼仪讲座，听众是村里自愿参加的姑娘们。她呢，是头一次来参加，但因为来得过早，上到后山多转了一会工夫就迷路了。

此时，二人头上掠过了鸟影，是一只鹰隼。新治觉得是个好兆头，于是，容易打结的舌头舒缓了，恢复了平素男子汉应有的态度。他提出自己正要经过灯塔前回家，可以把她送过去。少女一点也不想擦去满脸的眼泪，嫣然一笑，就像正在下雨时出了太阳。

初江的打扮是红毛衣配黑哔叽裤子，红天鹅绒布袜，脚蹬木屐。她站起身来，从混凝土建筑的屋顶边缘俯视着大海，问道：

“这房子是做什么用的呀？”

新治离开她一点距离，也凭栏远眺着回答：

“这是观测所，在这里观察大炮的炮弹飞向哪里了。”

岛子南端被山遮挡，没有风。极目远眺，阳光下的太平洋尽收眼底。断崖上的松树下，被鱼鹰粪染白了的岩头巍然耸立，岛子附近的海因海底的黑海带而呈现黑褐色。怒涛喷溅着飞沫拍打着高高的岩石。新治指着其中一大片岩石说：

“那就是黑岛。铃木警官在那钓鱼被海浪卷走啦！”

就这样，新治感到十分幸福，但初江必须去灯塔长家的时刻已经迫近。初江将身子离开混凝土建筑的边缘，对着新治说道：

“我，这就去啦！”

新治没有回答，露出一副吃惊的表情，因为初江的红毛衣胸部多出一道横着的黑色污痕。

初江发觉了，看到刚才胸部贴着混凝土墙边蹭上了一道黑印。她低下头，伸出手掌拍打自己的胸部。红毛衣上两个微高的隆起俨如里面隐藏着坚挺的支撑物一般，受到胡乱的拍打而发生了微妙的摇晃。新治赞赏地望着。乳房受到她手的打击，反而像个顽皮的小动物在撒欢。乳房柔软而富有弹性，让青年感铭不已。那道黑印污痕被抖掉了。

新治率先站起走下混凝土楼梯时，初江的木屐发出轻轻的清脆声，在废墟四壁发出回响。从二楼下到一楼中间时，新治背后的木屐声停了。新治一回头，少女笑了。

“怎么了？”

“我也很黑，可你小子更黑呀！”

“经常晒太阳晒的呗！”

青年毫无理由地笑着走下楼梯。正要就那样走掉，却又返了回来，原来他忘了母亲求他取回的柴火树枝。

从那里走回灯塔的路上，新治背着大捆松叶，少女走在前面，这时少女问他名字，新治这才报上自己的名号，然后急忙补充一句，拜托初江不要对外人讲自己的名字，也不要讲和自己在此处碰上的事。新治清楚村里人嘴很烦人。初江答应不说。顾忌喜欢捕风捉影的村里人，这一正当理由就这样把极普通的两人偶然邂逅变成了两人之间的秘密。

新治没有想到下次用什么办法相会，默默走着走着，二人已来到可以俯视灯塔的地方。青年告诉了少女到灯塔长官舍背后的近路，自己有意绕远路回家，所以就在那里告别了。

第五章

青年原本固然贫穷，但却过着乐天知命的稳定生活，然而从那天起，开始为不安所困扰，陷入忧虑之中。他很担心自己根本没有任何东西足以吸引初江的心。他很健康，除了麻疹没有生过别的病；他游水技术高超，能围着歌岛游上五大圈；他有臂力，自信可以战胜所有的人。然而，这些都不足以吸引初江的心。

其后，和初江见面的机缘久久没有到来。他出海一归来，总是放眼望一望海边，但即便偶尔能见到初江的身影，她也是正在忙着干活，根本没有搭话的空闲，再也没有出现上次那样她独自凭靠木框凝望大海的情况。而且，相思害得这位青年疲惫不堪，他便下决心不再想初江，可偏偏就在下决心那天，出海归来必定能在海边沙滩的喧闹中偷看到初江的身影。

大城市的少年一般从小说、电影中学习谈恋爱，而歌岛上基本没有模仿的对象。故而，从观测所到灯塔的那段宝贵的二人世界时间里该做什么，新治怎么想也心中无数。只是留下了对虚度这段光阴的痛切的悔恨。

虽然不是父亲故去一周年忌日，但也到了月忌日，新治全家要去扫墓。因新治每天要出海捕鱼，所以选在新治出海前的时间。新治、上学前的弟弟、手拿线香与供奉用的鲜花的母亲，母子三人一起离开了家。这个岛子上，就是家中空无一人也不会失盗。

墓地在村头连接海滨的低矮崖上，涨潮时海水会漫到崖下。斜坡的坑坑洼洼里埋着墓石，有的坟墓因地盘是脆弱的沙地而出现了歪斜。

天还没亮。灯塔那边已经有些鱼肚白，而面朝西北的村庄和海港却仍然留在黑夜中。

新治拿着灯笼走在前面，弟弟阿宏一边揉着惺忪的睡眼一边拉扯着母亲的衣袖说：

“今天便当给我四个牡丹饼呀！”

“浑小子，给你两个。你吃三个是要拉稀的呀！”

“啊呀，给我四个嘛！”

祭祀青面金刚的日子和先祖的忌日里做的牡丹饼，都有枕头那么大。

墓地晨风凛冽，风向飘忽不定。岛子遮挡的部分海面还很昏暗，而远处海面已晨光熹微，环抱伊势海的群山已依稀可辨。晨光中的墓石宛若停泊在喧闹海港中船只的点点白帆。不过，这些风帆却不再能鼓满风，因为在过长的休息期间一直沉沉低垂，而就此化为石帆了。铁锚深深扎入昏暗的土地里，以至无法再起锚远航。

一来到父亲墓前，母亲就插上鲜花，又擦了好几根火柴都被风吹灭，好不容易点着了线香。然后，让两个儿子跪拜，母亲自己也站在后面祭拜、恸哭。

这个村里有个传说，说是“船上不要搭载女人与和尚”①。新治父亲遇难的船就是犯了这个忌讳的。一位老太婆死了，合作社的船载着她的尸体去答志岛验尸，在离歌岛约三英里的地方碰上了美军 B24 舰载机。先是扔炸弹，接着是机枪扫射。那天碰巧平素开船的驾驶员不在，代班的驾驶员不熟悉机器仪表。停歇的发动机冒起了黑烟，这就成了敌机的目标。

管道和烟囱被炸裂，新治父亲的头部耳朵以上被炸得七零八落，另一人眼睛被炸当场身亡，有个人被枪弹从背后打入肺部留在体内，还有一个被炸伤了腿，而屁股蛋子上的肉被削掉的那个人，因流血过多不久也一命归阴。

甲板和船底板都成了血海。油箱被打穿，柴油流淌浮在鲜血上部，为此而不便卧倒的人腰部中弹。有四个人躲避在船头货舱冷库中得以幸免；还有个人独自从船桥后面小圆窗里拼死逃出，当回港后试图再次钻过小圆窗，却无论如何也钻不过去了。

就这样，十一个人死了三个，然而，甲板上盖了一张破草席的老太婆尸体却没有挨一颗枪弹。

---

① 此为当地渔民迷信说法。女人，被认为“有伤风化”，容易有男女关系纠葛带来麻烦；而和尚，则和“死”有关，一般死人了才请和尚来做道场超度亡魂。

“捕捞玉筋鱼时节的老爷子真是可怕呀！”新治看了一眼母亲说，“我几乎每天都挨揍啊！打出的包都来不及消肿，就又要挨揍啊！”

捕捞玉筋鱼是在名叫“四寻泽”的海域进行，是一种需高度技巧的捕鱼方式。该方法是模仿海鸟猎取深海鱼的办法，用一根装着鸟毛、柔性极好的竹竿来捕捞，需配合得天衣无缝才行。

“那是。所以呀，捕捞玉筋鱼，在渔夫行当中也是爷们才干得了的营生啊！”

阿宏对哥哥与母亲的对话不感兴趣，他正在幻想着十天后就要到来的修学旅行。哥哥像弟弟这个年龄的时候，因家贫没能够去修学旅行，现在，他用自己赚来的钱为弟弟积攒旅费。

一家人扫完墓，新治独自直奔海边去了，因为他要做出海的准备。母亲则要回家拿来便当送给出海前的新治。

当这位青年急忙赶到“太平丸”号时，路上行人的话语乘着晨风传入他的耳中：

“听说川本家的安夫要当初江的养老女婿啦！”

听到这话，新治透心凉了。

那一天，“太平丸”号仍然是全天捕捞章鱼。

到回港为止的十一个小时，新治起劲地干活，几乎一言不发。因为他平素就是沉默寡言，所以，就是一言不发也不很显眼。

一回到渔港，照例先靠上合作社的船将捕到的章鱼卸下，再将另外种类的鱼通过中间商的手转移到被称为“收购船”的个人批发商的船上。过秤的金属笼里，在夕阳余晖中银光闪闪的乌加吉鱼欢蹦乱跳。那天正赶上是每十天一次的发工资日子，新治和龙二跟着老板进了合作社的办公室。那十天他们船四十贯[①]左右的收获中，刨去合作社的销售手续费、先行扣除的十分之一储蓄存款以及合理耗损等费用，获得纯收益两万七千九百九十七日元。按计件工资办法新治从老板处领到了四千日元的进账。这在鱼汛已过的这个时节算相当不错的收入了。

青年伸出粗糙的大手，用舌头舔舔手指，仔细地点过钞票，又重新将其装入写有自己名字的纸袋，将纸袋收进夹克的内衣袋深处，然后向老板鞠了个躬后从里面走出来。老板和合作社负责人正围着火盆互相吹嘘用海里黑珊瑚[②]手工制作的烟嘴。青年本来是打算直接回家的，但他的脚步却不由自主地走向了海滩。

海边正在往岸上拖最后一只船。操纵绞车和帮忙拉绳的男人很少，两个女人不停地抽放船底下的“算盘”，然后将船往岸上推拉。看上去效率很低，船移动的幅度很小。海边已暮色降临，连出来帮忙的中学生也不见踪影。新治心想，要不要去帮一把。

这时，推拉船的一个女人抬起脸往这边看，原来是初江。新治不想看到这位少女的脸，她从今晨就把新治搞得万念俱灰。可是，他的脚却在接近她。汗津津的额头、累得通红的脸颊、凝

---

① 日本的重量单位，一贯为 3.75 公斤。
② 原文作“海松”，系一种海里的腔肠动物，分布于日本本州以南浅海中，骨轴角质黑色，可制作工艺品。

视着船尾方向的乌黑闪亮的眼睛，这张脸在昏暗的暮色中激情四射。新治无法从那张脸上移开自己的目光。他默默地拿过了绳索。操纵绞车的汉子说了声“谢谢”。新治的臂膀很有蛮劲，船顷刻之间从沙地滑向上面，女人拿起“算盘”慌忙地跑向船尾。

船被推拉到位，新治便头也不回地向自家走去，他很想回头看一下，但忍住了。

拉开拉门，他一如平素看见了昏暗油灯下自家那已成红褐色的榻榻米。俯卧在榻榻米上的弟弟在灯下看着教科书。母亲一直在灶台忙乎。新治连长筒靴也没脱就把上半身躺卧在榻榻米上。

“你回来了？”

母亲说道。新治喜欢默默地把包着钱的纸包交给母亲。母亲懂得儿子的心，自然心领神会，装作忘记了今天是发工资的日子，因为她知道儿子希望看到自己母亲的惊喜神色。

新治将手伸进夹克的内袋，没找到装钱的纸袋。他到另一侧衣袋中寻找，又找了裤子的口袋，甚至把手伸进裤子的内侧去寻找。

肯定是丢在海边了，他二话不说就跑了出去。

新治跑出去不久有人来访。母亲来到门口，看到黑暗中一位少女站在外面。

“新治在家吗？”

“刚才回来了，可马上又跑出去啦！”

“这是在海边拾到的，因为上面写着新治的名字所以……”

“啊呀！那也太谢谢啦！新治是不是出去找这个去了呀？”

“那，我去告诉他一声吧？”

“对呀！那就谢谢啦！”

海边已经全黑了。答志岛、菅岛微弱的灯光照耀着海面。很多鸦雀无声的渔船在星空下将船头霸气十足地面朝大海一字排开。

初江看到了新治的身影，她一看见他便藏身在船后。新治因为在低头搜寻，似乎没有发现初江的身影。两人刚好在一艘船后相遇。青年茫然地呆立在那里。

少女说了事情的原委，说是来告诉新治自己已将钱送到他母亲手中了，并讲了她还向两三个人打听新治家住在哪里，为防止别人怀疑她别有动机，她还一一将钱包向他们展示了。

青年放心地松了口气。他那因微笑而露出的洁白牙齿在黑暗中显得很好看。因为是跑着来的，少女的胸脯在剧烈地起伏。新治想起大海中深蓝色的汹涌波涛，早晨以来的郁闷就此烟消云散，勇气重新在他身上复苏了。

“听说川本家的安夫要去你家当养老女婿，真的吗？”

这个疑问顺顺溜溜地从青年嘴里说出。这时，少女笑起来。她渐渐笑得厉害起来，边笑边呛噎得一个劲咳嗽。新治想给她止住，但是她的咳嗽仍然没有停住。新治将手搭在她肩上，并没有太使劲，可是初江却瘫软在沙地上继续大笑。

“怎么了？怎么了？”

新治蹲在旁边摇晃她的肩膀，少女总算从大笑中清醒过来，认真地从正面凝视青年的脸时却又大笑起来。

新治探出头问道：

“真的吗？”

“傻瓜！那是弥天大谎！”

“可是，确实有那个传闻！”

“告诉你了那是大谎话！”

两人在船的背阴处抱膝而坐。

“啊呀，难受！笑得太厉害了，这儿有点难受啦！”

少女按住胸脯，她褪了色的斜纹哔叽工作服上的条纹只有胸部还在剧烈地起伏。

“这儿疼啦！”

初江说了好几遍。

“没事吧？”

新治不由得把手放在她的胸脯上。

“你这样一按，就好些啦！”

少女说。这时，新治的心扑通扑通跳起来。两人的脸贴得很近，互相贪婪地嗅着彼此身上的海腥味，明白了彼此间的热烈情愫。两人的干裂嘴唇互相吻在一起，有点咸味。新治想，有点像海藻味道。这个瞬间一过，青年被一种生来从未经历过的内疚心理所驱使，离开初江站起身来。

“明天出海回来，我要到灯塔长家去送鱼。”

新治望着大海，表情严肃，用一种男子汉的态度宣布说。

“在那之前我也要到灯塔长家里去。”

少女也望着大海宣布说。

两人分别走向船的两侧，新治本来准备从那里直接回家，但他发现少女的影子并没有从船后面出现，而落在沙地上的影子却表明了她仍躲在船尾。

“你的影子露出来啦！”

青年提醒她说。这时，他望见一个身穿粗条纹工作服的姑娘身影像一只野兽一样从那里冲出，头也不回地从沙地一溜烟地向对面跑去。

第六章

次日，出海归来的新治手里，提着两条五六寸长的虎鱼，向灯塔长的公馆走去。虎鱼是用稻草穿鳃提着的。爬坡上到八代神社背后时，他突然想起自己对眼下神的恩宠还没有祈祷拜谢，便绕到神社正面进行了虔诚的祈祷拜谢。

祈祷完，他眺望着皓月照耀下的伊势海，做了个深呼吸。几朵祥云飘在海面上空，俨如古代的诸神。

青年感到了他身边丰饶的大自然和他自身的无比协调。他油然感到，他深深吸的一口气就像是不可见的造化之一部分，沁透到他肉体深处；他耳中听到的涛声也像是大海的偌大潮流和他体内青春热血的奔腾同步谱出的旋律。新治每天的生活中不需要音乐，大自然肯定以其本身的神奇旋律满足了他对音乐的需求。

新治将虎鱼举到眼前，对着长着刺的丑陋嘴脸吐了吐舌头。鱼刚才还明明活着的，但却一动不动。于是，新治戳了戳鱼的下颚，弄得其中一条鱼弹跳了一下。

青年不愿幸福的相会时刻过早地来临，就这样故意地磨磨蹭蹭。

灯塔长夫妇俩对新来的初江都有好感。本以为她话太少，缺乏女孩的妩媚，可她却会突然甜甜地笑起来，让人觉得她是个讨人喜欢的姑娘；要说她有点呆呆的吧，可她却相当细心而缜密。在礼仪学习会结束时，其他姑娘都没有注意到，她却飞快地将大家喝完茶的茶碗洗刷干净收拾好，并帮夫人做了洗衣服等家务活。

灯塔长夫妇有个女儿送到东京读大学了，只有放假才回岛，所以，他们就将经常来访的村姑们当成了自己的女儿。于是乎，就认真地为她们的身世操心，把她们的幸福欢乐当成了自己的幸福欢乐。

经历三十年灯塔生活的灯塔长，因其固执的脾气以及高声大嗓申斥偷偷到灯塔里探幽的顽童们，搞得孩子们对他倒是有些惧怕，但他却是个心地善良的人。孤独，使他不再相信人有坏心。在灯塔的小世界里，来客就是上等的美馔佳肴。因为远离人烟的灯塔无论在何处，千里迢迢来访的人不可能怀着恶意来做客，而且，一旦毫无隔阂被当成稀客款待，任何人心中的恶意也都会冰消雪化的。实际上，正如他本人常说的“走远路恶意走不过善意”。

夫人也是个大好人，从前当过乡村女学校的老师，而且，常年的灯塔生活更加深了她的读书习惯，所以，对任何事情，她都具有百科全书般的知识。她既知晓斯卡拉剧院在米兰，又清楚东京的某影星最近在某某地方扭伤了右脚。她刚用高论驳倒了丈夫，其后则又卖力气地给丈夫补缝布袜和做晚饭。一有客来，她就滔滔不绝地打开话匣子说个不停。村里人中，也有人听她的能言善辩每每入迷，从而拿来和自己沉默寡言的老婆比较，并对灯塔长寄予多此一举的同情，但灯塔长对自己夫人的渊博学识倒是很尊敬的。

官舍是三间平房。所有房间都和灯塔内部一样，收拾得窗明几净、一尘不染。柱子上挂着轮船公司的挂历，餐厅里围炉的灰总是弄得平平整整；女儿不在家期间，客厅一角摆着法国偶人的桌上，空空的蓝色玻璃笔盒熠熠生辉。将灯塔机油残渣变为瓦斯做燃料的铁锅澡盆[①]也设计在房子背后。和窝窝囊囊的渔夫家不同，灯塔长家里就连洗手间门口的擦手毛巾也总是清清爽爽，好像刚刚洗过一样。

灯塔长每天有一大半时间是坐在围炉旁，在他那黄铜烟嘴里插上“新生”牌香烟抽着。中午期间灯塔是不亮的，只有年轻的值班员在小小的值班室向各方面发布过往船舶的信息。

那日时近黄昏，虽然当天并非规定的讲课日，但初江来拜访了，手里拿着礼物——报纸裹着的海参。她穿着藏青色裙子，下身

① 原文作“五右衛門風呂”，铁锅澡盆，即灶上放铁锅、下面直接烧火的澡盆。有的完全是生铁做的，也有的是把木质或陶质的澡盆装在铁锅上。因安土桃山时代大盗石川五右卫门曾被处以“锅煮刑”，故而得名。

穿着肉色的棉质长袜，再套上一双红色短袜。毛衣是常穿的猩红色。

她刚一进屋，夫人便毫不见外地直接指出：

“藏青色裙子就该穿黑袜子呀！初江小姐。你有吧？什么时候好像穿来过一次。”

“嗯。”

初江脸红了一下，在围炉旁坐下了。

像这样围坐在围炉旁，夫人就和讲座时一本正经的口气不同，开始唠起平易近人的家长里短。一看对方是年轻姑娘，便从泛泛的恋爱论谈起，一直谈到“有没有喜欢的人呀”。看到姑娘害羞，有时灯塔长也过来问上两句让人尴尬的问题。

因为天快黑了，灯塔长夫妇不停地劝她留下来吃了晚饭再回去，但初江说老爹一个人在家等着呢，所以不能不回去，又主动提出帮做灯塔长夫妇的晚饭。刚才给她拿出的点心也没有吃，一直满脸通红地低着头，可她一旦来到厨房却一下子精神大振，一边切着海参一边哼唱岛上流传的盂兰盆舞曲“伊势民谣”，说是昨天刚刚跟伯母学的。

……

衣橱方箱旅行箱，
爹娘陪嫁够大方，
此去一门姻缘好，
重回娘家莫指望。

娘亲听听儿主张，

人间万事莫勉强。

东边阴天要刮风，

西边阴天暴雨降。

纵然大船装千石，

顺风一变呀——哎嗨吆，

要返航啊！

……

“咦，这首歌我上岛三年都没有学会，初江小姐已经学会了？”

夫人说道。

“毕竟，跟老崎那边的歌差不多嘛！”

初江说。

这时，外面响起脚步声，黑暗中传来了“您好”的寒暄声。

“这不是新治吗……啊呀！又来给送鱼，谢谢啦！她爸爸！久保家送鱼来啦！”

“总是给送，谢谢你！”灯塔长没有离开围炉在原地道谢。“进家来吧！新治君！”

就在这种乱哄哄之中，新治和初江互相交换了一下眼神。新治笑了，初江也笑了。但夫人突然转过脸，眼睛看到了他二人的微笑：

“你们，相互认识呀？嗯，村子太小啊！那就更好了，新治君，你请进来吧……啊，对了，东京的千代子来信，特意问候‘新治好吗’呢！千代子是不是喜欢新治啊？马上放春假就要回来了，请过来玩呀！”

本打算进屋来的新治听了这一句，似乎被冷水浇头。初江眼睛看着洗碗池再没有回头。青年退回到黑暗中，虽然被几次挽留，还是没有进屋，只是从远处朝这边鞠了一躬然后走掉了。

“新治真是个怕羞的人，她爸爸。”

夫人面带笑容地说道，她的笑声在屋内自然地回响，灯塔长和初江都没有回答。

新治在“女坡”拐弯处等初江。

在坡道上拐了个弯，灯塔周围的暮色又亮起来，重新出现了日落时分的残阳夕照光景。松树周围的阴影虽然很黑，但眼前的大海还闪烁着一抹日暮余晖。春来首次的东风今天全天一直在海面吹拂，到了黄昏，那风吹到脸上也并不感到刺痛。从“女坡”一拐弯，就连这股风也没了，只看得见黄昏后沉静的光从云缝中流淌下来。

大海中，一个短短的海角背靠歌岛港向对面延伸，海角尖端断断续续，几块巨岩刺破白浪耸立在那里。海角一带分外明亮，一棵红松屹立在海角顶端沐浴着夕阳的余晖，清晰地映入青年具有超强视力的眼帘。突然，那树干周围的光线消失了，于是，抬头一望，天上变得乌云一片，群星已开始在东山的尽头闪烁。

新治将耳朵贴在岩石突起上听到了细碎的脚步声，脚步声从灯塔长官舍玄关的石阶上走下，又走过石头铺的小道向这边接近。出于一种恶作剧心理，他本想躲在那里吓唬一下初江。不过，随着那可爱的脚步声越来越近，他又担心吓着姑娘而作罢，反倒用口哨吹奏刚才初江哼唱的“伊势民谣”的一段旋律，为的是告诉对方自己在等她：

……
东边阴天要刮风，
西边阴天暴雨降。
纵然大船装千石，
……

初江从“女坡”拐弯走下来，似乎连新治在那里都没有察觉而用同样的步子走了过去。新治在后面追赶。

“喂——喂——！”

尽管如此，少女连头也不回。无奈，新治只好默默地跟在少女后面。

道路被松林包围着，黝黑险峻。少女拿着小手电筒照着前面走着，脚步变得慢了，不知不觉新治赶到前面去了。青年突然听见一声轻轻的惊叫声，同时，手电筒的光像飞起的鸟儿一样突然从松树树干上飞到高处的树梢。他机敏地转身抱起跌倒在地的少女。虽是因情况紧急被迫做出的动作，但青年脑中描绘出先前自己的埋伏、口哨以及追赶中的近乎品行不端的样子，难免感到几分羞愧。就这样，他扶起初江，并没有做出重温昨日的亲昵动作，而是像大哥哥一样温柔地帮她掸去衣服上的泥土。半湿半干的沙土地上的泥已经干了，所以马上就被掸掉了。所幸，不像有受伤的样子。在这个期间，少女孩子般地将手搭在青年魁梧的肩上一动不动。

初江寻找从手里掉落地上的手电筒，发现它正躺在二人背后的地上，射出一轮扇面形的光柱。那光柱照耀的地面铺满了松叶，岛上苍茫的暮色笼罩着这一点点微亮的光。

“原来它在这里！可能是跌倒的时候，飞到身后去的吧！”

少女快活地笑着说。

“你刚才生什么气啊？”

新治一本正经地问道。

“千代子的事呀！”

“傻瓜！”

“你俩没什么事吗？”

“没有任何事！”

二人肩并肩地走着，手拿电筒的新治像水中领航员一样将不好走的路一一告诉初江。因为没什么话题，话语不多的新治结结巴巴地说开了。

“我呢，是想有朝一日用干活攒下的钱买艘机帆船，和弟弟两人跑运输运送纪州木柴、九州煤的呀！这样，就能让家母不再受累，我自己老了也回岛来享清福啊。在大海里不管船行到哪里，我都不忘岛子，我是打算和大家同心协力让岛上风景成为全日本最美（歌岛人全这样认为），让岛上的生活比任何地方都和平、幸福的呀！不然，谁还稀罕这个岛子呀？不管是什么世道，那些恶劣的习惯还没有传到岛子时就消失了；大海呢，光给我们送来必要的好品德，并且将它维护住留在岛上。这样，这岛上没有一个小偷，就永远只有具男子汉气概的人生活在这里，他们诚心诚意，有认真劳动、吃苦耐劳的精神，有无私的爱和勇气，毫无任何胆怯啊！”

当然，青年说的并不像这样条理清晰，而是前后颠三倒四且结结巴巴。尽管如此，青年却罕见地变得能说会道，粗略地对少女说了上述意思的话。初江虽然没有回答，但也是一一颔首。她的表情里看不出任何不耐烦，而是充满纯真的同感和信赖，这让新治欣喜。如此认真交谈的结果，青年不想被认为是不认真的调侃，所以有意地省略掉了自己在海神面前祈祷最后那句重要的话。尽管道路不断被茂密的树影所覆盖，但没有任何妨碍两人的障碍，这回新治却连初江的手都没能拉一下，接吻就更是根本没想到了。昨天傍晚昏暗中发生在海滩的事，似乎完全不是发自两人的意志，而是一种外力造就的一次意外偶发事件。怎么会发生那样的事？实在奇怪。他们好不容易只是达成一个约会，那就是下一个不出海捕鱼的那天下午在观测所碰头。

走过八代神社背后时，初江首先轻轻地叹了口气站住了，接着，新治也站住了。村里已灯火通明，简直就像无声地庆祝盛大节日，所有窗户都闪耀着实实在在的强光，非油灯之光可比。村子似乎从暗夜中苏醒，“咸鱼翻身”了。原来坏了很久的发电机修好了。

进村前，两人在路上分手，初江独自从久违的路灯照耀下的石阶上走下。

第七章

新治弟弟阿宏的修学旅行出发日到了。他们将要在京都大阪地区周游六天五宿。至今为止尚没有离开过岛子的少年们，将一举亲眼领略广阔的外面世界。从前，修学旅行渡海到内地，第一次见到圆太郎马车[①]的小学生们曾吃惊地大叫：

“嗬！大狗拉着厕所跑呢！”

岛上孩子学习认识物品，依靠教科书上的图画和说明先学概念来代替实物。要在想象中描绘出电车、大楼、电影院、地下铁等的形象有多难啊！然而，一经接触实物，在惊异的新鲜感过去后才明白，学到的那概念毫无用处，在岛上将要度过的漫长一生中，就无须再去想象如今大城市大街上喧闹来往的电车是什么模样了。

一说修学旅行，八代神社的护身符走俏了。妈妈们感觉孩子们要去妈妈自己见都没有见过的大城市，简直就像要去冒险拼死，她们认为，无论是她们每天讨生活的工作中，还是身边的大海中，每时每刻都潜藏着死亡和危险。

阿宏的母亲一狠心拿出两个鸡蛋，做了极咸的煎蛋便当。把奶糖和水果藏进阿宏的背包深处，不使劲翻找很难找到。

唯独那一天，轮渡船“神风丸”号破例下午一点从歌岛起航了。轮渡船是一艘排水量不到二十吨的小汽艇，顽固而老练的船长固然不喜欢破例，但当自己的孩子修学旅行时，他知道船过早地到达鸟羽港，要等到适当时间火车才开车，而孩子们消磨时间需要花钱，所以，从那年开始，他才勉勉强强地接受了学校的建议。“神风丸”号船室里和甲板上全是胸前挂着水壶和挎包的小学生。领队老师很害怕码头上成堆的母亲们。在歌岛村，母亲们的意向可以左右老师的命运。一位老师被母亲们给贴上了共产党的标签而被赶出了歌岛，而一位受欢迎的老师尽管搞大了女老师的肚子并生了孩子，却被提拔成了教务主任。

那是风和日丽的春日正午，船一动，母亲们便七嘴八舌地喊叫自己孩子的名字。为防止风将帽子吹跑，小学生们都把帽子上的绳条拉到下颏。估摸着已看不清谁是谁了，他们便对着港口乱喊“傻瓜！”“混蛋！”“混账东西！”来嬉闹。满载黑色制服的船，将帽徽和铜纽扣的闪光拉走了。家里鸦雀无声，而且大白天都晦暗无光。阿宏母亲在这样的家里，坐到榻榻米上时，想到不久后两个儿子即将丢下自己出海，便泪如泉涌了。

---

① 圆太郎马车，即日本明治时代的公共马车。明治十年（1877），因日本落语家橘家圆太郎（四代传人）曾在讲台上模仿当时的公共马车御手而一时出名，圆太郎马车由此得名。

“神风丸”号在珍珠岛旁的鸟羽港刚把学生们放下船，便又恢复了它悠闲的乡土气息，正在做开回歌岛的准备。蒸汽机的破旧烟囱上扣了一只水桶，水影映在船头内侧和栈桥上挂着的大鱼槽上摇曳。港口的仓库临海而立，灰色墙壁上有白漆写着的很大的“冰”字。

灯塔长的女儿千代子提着旅行袋站在码头的边沿上。这位性格孤僻的姑娘已经很久没有回岛了，她很讨厌岛民向她搭话。

千代子那张未涂脂抹粉的脸因为身上穿的深棕色西装更显得不引人注目。她那不显山不露水，但眉眼却线条粗犷且明快的面孔，或许能够吸引某些人的心。然而，千代子总是一副阴郁表情，一直固执地认为自己长得不漂亮。眼下，这就是在东京的大学里被调教出的“教养”中最为显著的成果了。不过，将如此平常的脸孔认定为“不漂亮”，说不定也和认为自己“极为漂亮”一样，是一种与身份不符的夸张。对千代子这种负面的认定，老好人父亲无形中起了推波助澜的作用。因为父亲的遗传而生得这么丑——老实厚道的灯塔长抱有这种露骨的悲观，所以即便女儿就在隔壁，他也会向来客发泄抱怨道：

“啊呀！妙龄女郎为长得不漂亮苦恼，也是因为我这个当爸爸的长得丑，我当然责无旁贷。不过，这也是命呀！”

有人拍她肩膀，千代子回头一看，穿着闪亮皮夹克的川本安夫笑着站在那里：

“欢迎回岛！放春假了吧？”

“嗯，昨天刚刚考完。”

“回来吃妈妈奶来了吧？”

安夫受其父托付，为合作社的事前一天到津市的县厅办事，然后在亲戚家开的旅馆住了一宿，现在要搭这班轮渡船回歌岛。他为能对来自东京的女大学生使用普通话而感到洋洋得意。

千代子从这个同年的世故少年身上感觉到该男子的一种兴奋情绪，察觉到他似乎认定“这姑娘对我有意思”。如此一来，她就更加畏首畏尾。不过她又想道，这也是个机会。或许是受到在东京看的电影、小说等的影响，她非常想看到男人向她表白“我爱你”时的眼神，哪怕一次也好。而且，她原本已认定自己是终生不可能看到的了。

“神风丸”号那边传来大嗓门的喊声：

“喂！坐垫还没拿上来呀！你们瞧！”

过了一会，看见一个汉子肩上扛着个大包袱从码头走过，包袱皮上的花样是藤蔓，里面包的全是坐垫。

“该开船啦！”

安夫说道。从码头跳上船的时候，他牵着千代子的手将她送上船。千代子感到安夫那铁砂掌般的手与东京的男子们的手迥然不同。但是千代子从他的手掌联想到自己从没握过的新治的手掌。

瞄了一眼小小天窗式的舱门口，躺在昏暗舱室里的人们的身影映入眼帘。唯独他们脖子上围着的白毛巾、眼镜反射光的一闪，在适应了外面强光的眼里，显得更加昏暗和呆滞。

“还是在甲板上比较好啊！虽然冷点也还是甲板上好。”

安夫和千代子为了避风靠着船桥内侧卷在一起的缆绳坐下了。船长那位粗鲁的年轻助手说道：

“喂！能不能抬一下屁股？”说着从二人身下将板子抽了出去，原来他俩坐到覆盖舱室门的盖板上了。

船桥喷漆脱落起毛，已经露出相当多的木纹。船长敲响了船桥上的钟，“神风丸”号起航了。

两个人一任发动机带动着身体跟着振动，眺望着渐行渐远的鸟羽港。安夫本想把昨夜嫖娼的事向千代子炫耀，但作罢了。如果是普通渔村，安夫尝到女人滋味这件事，应该是件很值得炫耀的话题，然而，在纯洁的歌岛他却守口如瓶，他年轻轻的已学会假装正人君子。

在海鸥飞得比鸟羽站前缆车的铁塔还高的瞬间，千代子在心中打了个赌。她在东京处事保守畏缩不前，没有碰到过任何冒险的事，而每逢回到歌岛，她都希望自己身上能出上一桩让世界为之一变的事件。船已经远离鸟羽，本来海鸥无论飞得多低，其飞行高度远远高于视野中的小小铁塔并非难事。然而，铁塔还是显得高高耸立。千代子将眼睛凑近自己红皮表带手表的秒针想：“三十秒之内，如果海鸥飞得高出铁塔，则意味着有一桩绝妙好事等着我。”——已经过了五秒。一只跟船飞行的海鸥突然拔高，它的翅膀越过了铁塔在振翅搏击长空。

趁自己的微笑还没让安夫犯疑，千代子开口说话了：

“岛上发生了什么特别的事？”

船，从坂手岛右行。安夫将短得快要烧到嘴唇的香烟头在甲板上按灭以后，说：

“没什么……对了，十天前发电机出故障，全村都点了油灯。现在已经修好了。”

“母亲来信上写啦！”

“原来这样。另外，要说新鲜事嘛……”

在春光洋溢的大海强光反射下，他双眼眯缝着，十米开外的水域有一艘海上保安厅纯白的“鹎鸟丸[①]”号快艇在向鸟羽港开过去。

“对啦！宫田家照老爷子把闺女叫回来啦！叫初江的，是漂亮得不得了的美女呀！”

“是吗？”

听到美女这个词，千代子脸色晴转阴了。仅仅这一句，在她听来就好像是在骂自己一样。

“照爷对俺很中意啊！咱在家又是老二，村里盛传俺要当初江的养老女婿呢！”

不久，“神风丸”号面前的景观为之一变，右边是菅岛、左边则是巨大的答志岛了。一出这两岛相夹的中间海域，再风平浪静

---

① 原文作“ひよどり丸”，“ひよどり”属麻雀目鸟类，中文名为“鹎”（音 bēi）。

的日子，汹涌的波涛也要打得船身嘎嘎作响。从这一带开始就有鱼鹰在波浪中游弋了。汪洋大海之中，看得见浅滩露出多块耸立的岩石，一看到这个，安夫皱起眉头，为歌岛唯一屈辱的回忆而移开了视线。这是因为自古为争夺这些浅滩的渔业权，歌岛青年每每为之付出流血代价，但现如今渔业权却归属于答志岛了。

千代子和安夫站起身来，越过低矮的船桥，静候歌岛的影子在海面出现。歌岛总是会以一个模糊而神秘的头盔形状出现在水平线之上。船随海浪倾斜，头盔也跟着倾斜。

第八章

不出海的日子轻易难来到。就在阿宏修学旅行出发的第二天，强迫人们停止出海的暴风雨总算袭击了歌岛。岛上本来就稀少的樱花初绽蓓蕾，人们感到，就此一下全部花蕾没等开放都要悉数变为落英。

前一日，不合季节的阴湿的风纠缠着风帆，怪异的火烧云遮天蔽日。滚滚巨浪汹涌，海滨传来啸叫，海蛆和球潮虫拼命地向高处爬行。半夜吹起了夹着雨点的强风，宛如惨叫、吹笛子一样的声音从海里和空中传来。

新治在被窝里听到了那种声音。他明白仅凭那声音今天就不用出海了。这一来，既不能修理渔具和织鱼网，也干不了青年会的捕鼠工作了。

心细的儿子不愿惊醒在旁边还睡得很香的母亲，便一直待在被窝里专等窗户发白。房屋被剧烈地摇撼，窗户发出声响。不知哪里响起白铁板倒地的刺耳声音。歌岛的房子不管大房子还是新治家那种平房，布局都是一样，门口“土间”[1]，左厕所，右厨房。在暴风雨肆虐的最严重时刻，黎明前的黑暗里整个房间弥漫的唯一气味便是那暗淡的、阴冷的、令人产生不洁联想的茅厕味。

面朝邻家仓库墙壁的窗户总算开始泛白了。新治抬头看了看外面敲打着房檐并把窗户浇得湿透的暴雨。曾几何时，他对夺去劳动的喜悦与收入的暴风雨还恨之入骨，可现在这不出海的日子对他简直就是良辰佳节。不过这佳节并非是由蓝天、国旗和金球点缀的，而是由暴风骤雨、惊涛骇浪以及吼叫的风来点缀，那吼叫的风正在横扫俯首称臣的树木枝丫。

青年实在不能再等，他从榻榻米上爬起，套上百孔千疮的黑色圆领毛衣，穿上裤子。过了一会，被惊醒的母亲看到微暗的窗前站立的黑影喊道：

“啊呀！谁呀？”

“是我。”

“不出海，还不多睡一会！闹了半天是你呀！我还以为是生人呢！”

还真被惊醒的母亲说对了，新治今天看起来果真有点像陌生的汉子。平素很少开口说话的儿子，又是高声唱歌，又是把自己吊门框上面的横木上做引体向上。

母亲责备说：“房子都要塌了！”

“外面暴风雨，屋里也是暴风雨。”她莫名其妙地抱怨。

---

① 土间，日式住宅中，没有铺木头地板，而是用混凝土、瓷砖或者直接是土地面的一块地方，比地板地要低。一般做进屋后放木屐、拖鞋等场所以及厨房或作业场所等。

新治几次站起来去看煤烟熏黑了的挂钟。他那不会怀疑人的诚心，使他对那姑娘能冒着暴风雨恪守约会坚信不疑。这位青年的心缺乏想象力，他不晓得有什么诀窍可以用想象力将不安或是喜悦放大、复杂化，再以此去消磨忧郁的时光。

实在等不下去了，他披上橡胶雨衣，去和大海会面去了。他感觉唯有大海能和他进行无声的对话。激浪凶猛地爬上高高的防波堤，发出可怕的轰鸣后被摔得粉碎。因昨晚的紧急风暴预告，所有船只悉数被高高拉起。袭来的浪头水线近在咫尺超乎想象。巨浪退回时，码头内部水面急速倾斜，看起来几乎要露底。波浪的飞沫夹杂着雨水冲击着新治的脸，水顺着滚烫的脸上的鼻梁流下，那强烈的咸味使他联想到亲吻初江嘴唇的滋味。

云，在飞快移动，漆黑的天空也是忽亮忽暗，变化剧烈。在天际深处，时而有包含着光线却不透明的云团显露出来，似乎让人感到也许会放晴。然而，它旋即消失得无影无踪。因新治一直在留意天空情况，不觉波浪已来到脚下浸湿了他的木屐带。他脚下有一块美丽的粉红色小贝壳，好像是刚才的海浪带过来的。拾起一看，形状完整，就连纤细而薄薄的边缘都完好无损。他想着要把这当礼物，便收进自己的衣袋。

吃过中饭，他立即开始做出发准备。母亲一边洗碗一边盯着风暴中再次外出的儿子。她没敢问他去哪里，儿子远去的身姿有一种不让她过问的气场。她很懊悔自己没生出一个终日守家在地、可以帮自己料理家务的闺女。

男子汉出海捕鱼，乘坐机帆船往各个港口运货。女人与那个世界无缘，她们的工作是做饭、打水、采集海藻，夏季来临她们要潜到深深的海底。在海女中技术最纯熟的母亲知道，海底有些微光的世界是女人们的世界。白天也显得幽暗的家里、分娩的苦痛、海底的微光世界——这一系列东西就是她感到亲切的世界。

母亲忆起前年夏天一位与她一样的寡妇的身影，那女人体弱多病，还有个吃奶的孩子。她在海底捕捞鲍鱼上岸后，在烤火期间突然倒地。倒地的女人翻着白眼咬紧变得发青的嘴唇猝死了。在黄昏的松林中火化她的尸体时，海女们悲伤之余都无法站立，只是蹲在地上号啕痛哭。

奇怪的传闻不胫而走，有的海女不敢下海了，说是死去的海女在海底看到了不该看的东西遭到了报应云云。

对这个传闻，新治的母亲只是冷笑，她反而潜入更深的海底，其收获比任何人都丰硕。因为她的心绝不会被未知的东西所纷扰。

即使这样的回忆也没能给她带来负面影响，她仍然以天生的快乐性格为自己的健康身体感到自豪。和儿子一样，暴风雨的天气反而勾起了她心底的喜悦。她洗完碗碟后，在轧轧鸣响的窗户外的微弱光亮下，撩开衣襟伸出自己的双腿仔细端详。被日光晒黑了的成熟女人的腿没有一丝皱纹，神明庇佑的丰腴肌肉几乎放射着琥珀色的光泽。

“看这样子，还能生三五个孩子呀！”

这样一想，崇尚贞洁的心反倒使她害怕起来，便打扮一下后去丈夫灵牌前祭拜了一番。

青年要走的通往灯塔的上坡路上，雨水奔流而下冲刷着他的腿脚。松涛低吼。穿着长筒靴的他步履维艰，头顶上没有撑伞，他感觉雨水顺着板寸头头皮灌进衣领。但是，该青年还是迎风暴而上。他并非是要抵抗风暴，正像他要在与安宁的大自然的交结中确认安宁的幸福一样，眼下他激荡的心对大自然的这种狂躁肆虐反而感到一种难以名状的亲切。

数不清的白色巨浪滚滚压过来，甚至连海角尖端的高高岩头也屡屡遭巨浪覆盖。

从“女坡”拐个弯，便看见了灯塔长家的平房，那房子关闭了所有窗户，并放下了帐子，好像被暴风雨压弯了腰。他登上了通往灯塔的石阶。门窗紧闭的值班室今天不见了值班员的身影，玻璃窗被雨水的飞沫打湿，敲打声不绝于耳；窗内，朝着紧闭的窗户呆立着的望远镜，被窗缝吹入的风吹得七零八落的桌面上的文件，烟斗，海上保安厅的制服帽，花里胡哨地画着新造船只的造船公司挂历，挂钟，还有胡乱挂在立柱钉子上的两把硕大的三角尺……

青年到达观测所时，连贴身内衣都湿透了。在这万籁俱寂的所在，暴风雨格外凶猛。这里处在岛子最高处，周围没有任何遮挡，暴风雨在空中猖獗恣肆的画面历历在目。

废墟三个方向都有大型窗户，根本不能防风，反倒更容易将风雨迎入屋内，任其猖獗。从二楼窗户看到的太平洋广袤景观，其视野虽然被雨云遮挡，但波涛翻出一片白浪的汹涌景象，因周围又被乌黑的雨云弄得一片混沌，反而令人想象到野马奔腾般的漫无边际。

新治从外侧楼梯下楼，看了一眼上次来取母亲柴火的一楼，发现那里正好可以挡风。好像是原来当储藏室用的这层楼只有两三个小窗，而且只有一个小窗玻璃破了。原来堆放的松树枝叶捆看得出分别被运走的痕迹，只在角落里还剩下四五捆。

新治闻着一股霉味，他想道：简直就像监狱啊！这时，风雨被遮住，他突然感到一种浑身湿透的寒意，打了一个大大的喷嚏。

他脱下雨衣，在裤兜里寻找火柴。水上生活的小心谨慎教给他出门要带火柴。他的手指在摸到火柴前触碰到了早晨在海滨拾到的贝壳。他将其取出借着窗户的光亮一看，好像被潮水浸湿还没干似的，粉红色的贝壳发出鲜艳的光泽。青年满意地将它又收回衣袋里。

潮湿的火柴很不容易划着。他从一个散了的捆子里取出干松叶和木柴，将其堆在地板上点着，室内一直烟雾腾腾的，直到死气沉沉的烟砰的一声燃起，变成欢蹦乱跳的小火苗。

青年在火堆旁抱膝坐下，现在他只需等待了。

他在等待着，没有丝毫的不安，这位青年为打发时光把手指插入黑毛衣各处的破洞并将其撑大，慢慢恢复体温的感觉与户外的暴风雨声使他有点恍惚，深信不疑的忠诚使他浑身洋溢着幸福感。没有想象力也就没有烦恼。就这样，在等待过程中，他把头枕在膝盖上进入了梦乡。

……待新治一觉醒来，眼前的篝火火焰一点都没有衰微。火焰对面伫立着一个陌生的朦胧物体。新治想这是不是做梦呀？原来一位裸体少女低着头站在那里烘烤她自己的白色内衣。因为双手在低处托着内衣烘烤，上半身完全裸露在外。

当他明白这不是梦的时候，他要了个小聪明，打算佯装仍然熟睡，但却将眼睛睁开一条细缝。而纹丝不动的初江身体，看上去实在太美了。

看样子，海女的习惯让她对用火烘烤水淋淋的全身没怎么犹豫。来到约会地点时，看到火堆，而男子睡着了。看样子她是孩子般的临时起意，打算趁男子睡觉期间尽快把淋湿的衣服和自己的身体都烘干。也就是说，初江并没有意识到自己是在男子面前裸体，她觉得自己面前只有火堆，自己不过是在火堆面前裸体罢了。

如果新治是个深谙女人的“过来人”，他一定能看出来，在暴风雨包围的废墟中，站在火堆对面的初江裸体是一个真正黄花闺女的玉体。不能算白皙的肌肤经过潮水的洗礼光洁滑润，毫无松弛疲软；似乎害羞而不忍相互正视的一对坚挺的小小乳房，在长期潜水锻炼出来的宽阔胸脯上，托起两颗玫瑰色的蓓蕾。新治担心被识破，仅仅把眼睛睁开一条小缝，所以，初江那身姿就带着一种朦胧的轮廓，透过几乎高达天棚的火苗，在火光摇曳中被新治尽收眼底。

然而，由于青年一个偶然的眨眼，火光中被放大的眼睫毛影子瞬间在他脸上一动。少女立马飞速地用手中内衣遮挡住前胸，并且喊道：

“不许睁眼！”

忠实的年轻人狠狠地闭上了眼睛。他想了想，自己装睡的确不对，不过，睁开眼也怪不得谁，所以就从这个光明正大的理由中获得了勇气，他再次啪地睁开了他耐看的黑眼睛。

少女没辙了，但又不想穿上内衣。她再一次用清脆的声音喊道：

“不许睁眼！”

然而，青年已不想再闭眼了。虽然有生以来看惯了渔村女人的裸体，但看到自己心爱女人的裸体还是第一次。并且，他不能理解仅仅因裸体这点理由，初江和自己之间就出现障碍，以至于就连平素的寒暄和亲昵都变得困难。他以少年特有的直率站起身来。

青年和少女隔着火堆相对而站。青年稍稍向右挪动一下身体，少女也向右避开一段距离。这样，火堆总是隔着他俩。

“为什么躲我？”

“可是，我害羞。”

青年并没有说“那你就把衣服穿上吧”，因为他想看少女现在的样子，哪怕多看一会。于是，找不到继续谈话由头的他，便发出孩子式的疑问：

“怎么做才能不害羞啊？”

这时，少女的回答真是天真无邪，却委实石破天惊：

“你也脱光！这样就不害羞了。”

新治很感困惑，不过，犹豫了片刻后他脱去了套头的圆领毛衣。他有点担心少女会不会在他脱毛衣期间逃掉，所以，毛衣脱了一半盖住脸时，他也没有放松警惕。在麻利地甩掉衣服后，一个比穿着衣服更俊美的青年的半裸体就站在眼前，身上只缠着兜裆布。不过因新治完全心系初江，等反应过来感到羞耻的时候，已经是下面的问答之后了。

“这回不害羞了吧？”

因为他的口气有点逼问的味道，少女没有意识到这句话的分量，找到了一个意想不到的遁词：

“不！”

“为什么呀？”

“你还没有脱光！”

青年被火焰照亮的身体因羞耻而变得通红。他欲言又止，要说的话卡在嗓子眼了。他越加向前迫近，指尖几乎要进到火里，凝视着在火苗中身影摇曳的少女的白色胸衣，好不容易这么说道：

“你把那个脱掉的话，我也脱。”

这时，初江不禁莞尔一笑，这微笑意味着什么？新治和初江自己都没有发觉。少女从背后把遮挡前胸和下半身的白色内衣甩掉了。看到这，青年就像一座雄赳赳的雕像一样站在那里，凝视着少女被火光映照的眼睛解下了自己的兜裆布。

此刻，暴风雨突然袭来并堵在窗外了。先前暴风雨只是以同等的强度围绕废墟在肆虐，而在此瞬间，他们明白暴风雨确乎已经近在咫尺，太平洋已在高高窗户下骄横恣肆地施展着它持续性的疯狂。

少女倒退了两三步。门被堵死了。少女的后背碰到煤烟熏污的混凝土墙壁。

“初江！”

青年喊道。

“你从那火堆上跳过来！我让你从那火堆上跳过来！”

少女虽然气喘吁吁，但仍然用清脆快活的声音说。一丝不挂的青年没有犹豫，他那火苗映照下的身体猛地冲向火堆。在下一个瞬间，那身体已到了少女眼前。他的胸脯轻轻地触碰到少女的乳房。青年心情激动地想道：“就是这种弹性。她那红毛衣下以前我想象的就是这种弹性！”二人相互搂抱在一起。少女首先瘫软般地倒下了。

“松针扎人。”

少女说道。青年伸手抓过白色胸衣试图给少女铺在后背下，但少女拒绝了。初江的双手已不再拥抱青年了。她缩回膝盖，两手把胸衣团起来，就像孩子在草丛里捉虫时那样，以此固执地护着自己的前胸。

就这样，初江嘴里说出的是有道德意味的话语：

“不要！不要……姑娘家出嫁前不能做那事！”

胆怯了的青年有气无力地问道：

“无论如何也不行吗？”

“不行！”——先前闭着眼睛的少女脱口而出，那口气既像训诫，又像哄劝。“现在不行。我已决定做你的媳妇了，在出嫁之前，无论如何也不行啊！”

新治的内心对道德操守有一种盲目的虔诚。首先，他还没有同女人有过肌肤之亲，所以，他感到自己似乎已触碰到女人这种生物的道德底线，他没有霸王硬上弓。

青年的两只胳臂搂着少女的身体，两人彼此可听到对方的心跳。长长的亲吻折磨着欲望没能满足的青年，但从某一瞬间开始，这种痛苦竟然转化为一种奇异的幸福。已不太旺了的火苗时而上窜，两个人听着火苗的噼啪声、暴风雨掠过高墙的呼啸声与两人的心跳声交融在一起。这时，新治感到这种长久而无止境的陶醉意境与窗外令人恐怖的潮声、摇撼树木枝丫的风吼，在以一种自然而然的同一高频在翻腾。这种感情里有着永无止境的天官赐福。

青年松开了身体，并用很有男子汉气魄的稳重声音说道：

“今天在海边拾到个很好看的贝壳，想着要送给你就带来啦！”

“谢谢！拿给我看看！”

新治跑回他脱衣服的地方，他开始穿衣服；同时，少女也开始平静地将胸衣裹在身上，两人的穿衣极其自然。

青年将好看的贝壳拿到少女这里。

“啊呀！真好看！”

少女将贝壳拿到火堆近旁，让贝壳表面反射出五颜六色的光芒来赏玩，并插进自己的秀发里说道：

“好像珊瑚一样啊！不知能不能做个簪子？”

新治坐在地板上将身体贴近少女的肩膀。因为两人都穿上了衣服，所以轻松地接了个吻。

……踏上归途时，暴风雨仍然没有停息，他俩本来有所顾忌，担心灯塔里的人们看到他们，所以先前习惯上灯塔前就分开走。但此时此刻新治已经顾不得这些了。他要送初江，专挑好走一点的路下坡走到灯塔后边。灯塔那边来的风吹到石阶上，两人互相依偎着走下石阶。

千代子回到岛上父母身边，从次日起便为无聊而苦恼了。新治也没有来玩。村里姑娘们都来参加那个讲解待人接物礼仪的聚会，当她知道其中的陌生面孔就是安夫所说的初江时便想，初江那张乡间姑娘的脸比岛上的人说的还要漂亮。这是千代子奇特的长处。多少有些自信的女人一般都专挑别的女人的毛病，而千代子却比男性更坦率地承认自己以外的女人的所有种类的美。

无所事事的千代子开始学习英国文学史。她对维多利亚王朝的才女诗人克里斯蒂娜·乔治娜[①]、阿德莱德·安妮·普鲁克特[②]、简·英格洛[③]、奥加斯塔·维布斯塔[④]、爱丽丝·梅内尔夫人[⑤]等作家其名其作一无所知，但却像背诵经文一样将其背下来。千代子擅长死记硬背，她的笔记上甚至连老师打个喷嚏都有记录。

母亲呢，则在旁边拼命地跟女儿学习新知识。上大学固然是千代子自身的愿望，但原本父亲是迟疑的，是母亲的热心支持改变了父亲的态度。从灯塔到灯塔、从孤岛到孤岛的生活煽起这位母亲对知识的渴望，使她总是将许多梦想描绘到女儿的生活中，自然看不到女儿内心那小小的不幸。

看到头晚开始越刮越凶的风，深感责任重大的灯塔长彻夜未眠，千代子母女因一直陪伴，所以暴风雨那天，母女俩睡了一会儿懒觉，罕有地将早中两顿并作了一顿。收拾完之后，一家三口被暴风雨关在房子里悄然打发时光。

---

① 克里斯蒂娜·乔治娜，即克里斯蒂娜·乔治娜·罗塞蒂（Christina Georgina Rossetti，1830—1894），英国杰出的女诗人，主要作品有《王子的历程》等。

② 阿德莱德·安妮·普鲁克特（Adelaide Anne Procter，1825—1864），英国女诗人、慈善家，主要作品有诗集《传说与抒情诗》。

③ 简·英格洛（Jean Ingelow，1820—1897），英国女诗人、小说家。

④ 奥加斯塔·维布斯塔（Augusta Webster，1837—1894），英国女诗人、戏剧家、随笔家、翻译家。

⑤ 爱丽丝·梅内尔夫人（Meynell Alice，1847—1922），英国随笔家、诗人，主要作品有《人生的色调》等。

千代子想东京了。在这样暴风雨的日子里，汽车照样在街上跑来跑去，电梯照样上上下下，电车同样拥挤不堪，她怀念这样的东京了。在那里，大自然基本被征服，而剩下的大自然的威力，就被视作敌人了。然而，在这个岛上，岛民们却是视大自然为友，替大自然说话的。

千代子学习疲劳了，便将脸贴在窗玻璃上，眺望着把自己关在房内的暴风雨。暴风雨太单调无味了。波浪的轰鸣像醉汉的反复絮叨一样令人讨厌。不知为什么千代子回忆起了一位同学遭到所爱男生性暴力的传闻，该同学深爱恋人的温柔和优雅，并为之到处吹嘘。但从那夜以后竟然爱上了那男子的暴力和自私，并且对自己的遭遇讳莫如深。

……这时，千代子从玻璃窗里看到了互相依偎的新治和初江从暴风雨狂吹的石阶上走下来的身影。

千代子相信自己的脸生得丑，她还相信这张丑脸的功效，那就是它一经定型，便能比漂亮的脸蛋更巧妙地伪装感情。她所相信的丑，其实不过是这位处女所相信的石膏像一样的面具而已。

她将脸从窗户上转了过来。母亲在围炉旁做着针线，父亲在默默地抽着他的“新生”牌香烟。门外暴风雨肆虐，门内一家团栾。没有人注意到千代子的不幸。

千代子又面向书桌打开了英语书。她发现只是铅字一片，反应不出单词的词意。其中却有一只高高低低飞来飞去的鸟儿的幻影在她眼前晃动。那是一只海鸥。千代子想道，自己曾在回岛途中在海鸥身上下赌，这一卦的“绝妙好事”，原来应验在暴雨中幽会的这对男女身上啊！

第九章

阿宏报告旅行见闻的快信到了。要是寄平信，那本人回岛说不定就比信快了，所以他就在印有京都清水寺照片的明信片上盖上“参观纪念”的紫色大印，用快信寄回了。母亲还没有看信就生气地说：还弄什么快信，真是浪费！现如今的孩子们真是不懂得钱的金贵！

阿宏来的明信片上，名胜古迹只字未提，写的全是第一次去电影院的事。

> “在京都的头一晚，允许自由活动，我便忙不迭地和阿宗、阿胜三人去了附近的电影院。建筑很宏伟，简直就像宫殿一样。但是座椅又窄又硬，就像坐在一根木头上一般，硌得屁股生疼，弄得心神不定。过了一会儿，后面的人开始喊叫：坐下！坐下！我们寻思自己明明坐着嘛！奇了怪了！后面的人特意教我们怎么坐。原来人家那是折叠椅，要放下才是椅子。三个人丢了丑，难为情地挠了挠头。试着放下一

坐，又松又软！简直就像天皇陛下的龙椅，真想让妈妈也坐一回这种椅子。”

母亲让新治念信，听到最后一句母亲哭了。接着，母亲举着明信片面对佛龛，硬逼着新治也一起祈祷，请神明庇佑旅途中的阿宏在前天的暴风雨中安然无恙，保佑他到后天回岛为止平安无事。过了一会儿，好像突然想起来似的，开始大骂当哥哥的读书写字完全拿不出手，反倒当弟弟的脑瓜灵光。所谓脑瓜灵光，也就是能让母亲舒舒服服地哭上一场。母亲还忙不迭地把明信片拿到阿宗和阿胜家给人家看，然后，和新治一起去公共澡堂洗澡。她在蒸汽升腾中见到邮局局长夫人，便将赤裸的膝盖直接跪地，感谢邮局及时准确地送来了快信。

新治洗澡洗得很快，洗完就在公共澡堂门口等母亲从女澡堂出来。澡堂房檐上木雕的彩色已经剥落，蒸汽缭绕直上房檐。夜晚很暖和，大海很宁静。

新治抬眼望见了站在前面两三间[①]远檐下一个男子的背影。那人双手插在裤兜里，用脚上的木屐有节奏地敲打着石铺的地面。夜色中新治眼里看到了穿着咖啡色皮夹克的背影。这个岛上有这种昂贵的皮夹克的没有几人，确实是安夫无误。

---

① 间，长度单位。日本建筑柱子与柱子的间距，约为 1.82 米。

新治正要搭话时，碰巧安夫一回头。新治刚要露出笑容，可安夫呢，却无表情地盯着这边看，然后一甩头给了新治一个后背，悻悻而去。

对于朋友的不友好举动，新治倒也不大介意，不过觉得有点奇怪。正好这时母亲从澡堂出来了，这位青年便跟往常一样默默地和母亲一起向自家走去。

昨天是暴风雨后的一个好天，安夫出海一回来，就碰到千代子来做客。她是跟母亲来村里买东西顺便来访，因为母亲到合作社负责人家去了，她才独自来安夫家做客的。

安夫从千代子口中听到的消息把这个轻薄的年轻人的自尊击得粉碎，他思考了一整夜。次日晚，当新治看见他时，他正在看值班表，这张表挂在穿过村中央的坡道旁一所房子的屋檐下。

歌岛缺水。特别是旧历年时干旱最为严重，为此经常为了水发生纠纷。一条涓涓细流沿着村中央石头小路自上而下分段流下，这条小河的源头便是村里的唯一水源。梅雨季节或暴雨过后，小河水暴涨成汹涌湍急的浊流，女人们在河边一边洗衣服一边喧闹地议论着家长里短，孩子们也可以在这里为自己做的木头军舰举行下水仪式。可是到了干旱季节，小河就成了干涸的泥塘，连冲走一片草芥的力量都没有了。水源是一股泉水，或许是下到岛子高处的雨水经过过滤汇集到这股泉水里了。岛上没有另外的水源。

于是，不知从何时起，村公所决定排班打水每周轮换。打水，是女人的工作。只有灯塔使用存在水槽里的过滤雨水，全村依靠泉水生活的住家都要被分派打水工作，深夜当班的就只好忍受不便之苦了。不过，深夜当班几周后，又会轮到早晨比较方便的时段。

安夫正是在抬头看这个挂在全村行人最多处的值班表。正好夜半两点时段写着“宫田”二字，那就是初江的班。

安夫打了个响舌，现在要还是章鱼汛期就好了，早晨可以晚一点出海。但眼下是乌贼汛期，天亮前必须到达伊良湖航道上的渔场。所有人家都是三点钟起来开始做早饭，有的性急人家三点前就开始升起了炊烟。

尽管如此，还算不错，初江的当班不是凌晨三点。安夫对自己发誓一定要在明天出海前把初江搞到手。

就在他抬头看值班表下了这个决心时，他看到了站在男浴池门口的新治。他满腔嫉恨，就连平时要摆的派头也忘记了。他急忙赶回家去，瞥了一眼餐厅，收音机里播放的浪花小调响彻全家，他看到父亲和大哥正在一边听小调，一边在吃晚饭对酌。他径直回到二楼自己的房间，狠命抽起香烟。

按照安夫的常识，奸污了初江的新治肯定失了童贞。这家伙在青年会装出一副孩子般的面孔，老实巴交地抱着膝笑眯眯地聆听别人的意见，私下里竟然已睡过女人！真是个小滑头！而且，在安夫看来，新治那张面孔怎么也不像表里不一的面孔。其结果呢——这个想象真是让他受不了——给他的印象是：新治堂堂正正地靠一种无与伦比的坦率性侵了女人。

那一晚，安夫为了不睡着在被窝中掐自己的腿。不过，大可不必那样做。对新治的憎恨和新治抢在自己前面激起的争强好胜之心让他无法安睡。

安夫有一块经常向大家炫耀的夜光表。那个晚上，他没有摘下手表，穿着夹克和裤子悄悄钻进被窝。不时地将手表放在耳边，并且不时地看着发出荧光的表盘。安夫觉得，仅仅因为他拥有这样的高档手表，就有资格招女人喜欢。

深夜一点二十分，他离家出门了。因为是深夜，涛声响亮，明月当空，全村万籁俱寂。路灯，码头上一个，中央坡道两个，山腰泉水处一个。除了轮渡船外清一色都是捕鱼船，没有照亮海港之夜的通明桅灯，家家户户的灯火都已熄灭。鳞次栉比、昏暗浑厚的屋顶，让乡下的夜晚显得凝重。不过，渔村的屋顶铺的都是屋面瓦或白铁皮，没有茅草屋顶夜间那种阴森瘆人的重压感。

安夫穿着运动鞋飞快而不出声响地跑上了石坡路，穿过了一所小学，那小学周围围着一圈樱花树，树上的花蕾已开了一半。这里是最近刚刚扩建的操场，一排树是从山上移植过来的，一棵小樱花树被暴风吹倒，在月光下黑乎乎的树干横躺在沙坑旁边。

安夫沿着小河爬上石阶，来到能听到泉水叮咚声响的地方。路灯光照出泉水的大致轮廓。一个石槽安放在那里，正好接住长满苔藓的岩石缝中流下的清水，水从水槽边缘的苔藓上流过，看起来一点都不像水在流动，却酷似苔藓被涂上了一层精美剔透的釉彩。

泉水周围的树丛深处，猫头鹰在啼叫。

安夫将身体躲进路灯后面。听得见一只小鸟振翅飞走的声音。他靠在榆树的粗大树干上，双眼紧瞪着手腕上的夜光表等待着。

两点刚过，双肩挑着水桶的初江出现在小学校院子里。皎洁的月光清晰地描绘出她的身影。深夜的劳动对女人的身子骨来说并不轻松，但歌岛上的男女不拘贫富都要完成自己的活计。不过，海女的工作练就的强健身体，使初江全然没有以此为苦的表情，看她前后摇晃着水桶爬上石阶的姿态，毋宁说还有一种开心的意趣，就像孩子一样对干这种三更半夜的工作反而更来劲。

安夫本想一旦初江来到泉边放下水桶便飞奔出去，但他犹豫了一下，决定耐着性子等初江打完水。他左手高高地抓住树枝，身体纹丝不动，摆出关键时刻能随时冲出的架势。就这样，他把自己看成一尊石像，耳中听着粗重的倒水声，由往桶中倒水那双带点冻疮、冻得通红的大手，空想到女人那健康而鲜嫩的胴体，不禁心旷神怡。

安夫抓着树枝的手腕上，引以为豪的夜光表发出荧光，秒针走动发出轻微的滴答声。哪承想这些却惊醒了睡在即将搭好的蜂巢中的马蜂们，并大大地勾起了它们的好奇心。一只马蜂小心翼翼地飞到手表上。这时，马蜂才发现这只发出微光、有规律鸣叫的奇怪甲虫身上居然覆盖着光滑冰冷的玻璃板铠甲，可能它的希望落空了，于是便把毒针移到安夫手腕肌肉上，狠狠地刺了下去。

安夫惊叫一声，初江被吓了一跳回头朝他这边看。初江绝不会发出惨叫，她飞快地把扁担从绳子上解下来斜握在手，摆出迎战来犯之敌的防身架势。

安夫以一种自己都感到惨不忍睹的姿态出现在初江面前。这位少女保持原来的防身姿势倒退两三步。安夫想这种场合还是开个玩笑掩饰过去为妙，便傻笑起来，并解嘲说道：

“嗬！吓了一跳吧？还以为是个妖怪吧？”

“闹了半天，是安夫哥呀！”

“我躲在这是想吓唬你来着。”

“半夜三更的，你怎么在这儿？”

少女还不太清楚自己的魅力。本来倘若深入想想会明白真相，但一时间，她真的以为安夫只是为了吓唬自己一下才躲在那里的。这样的天真给了安夫可乘之机，说时迟那时快，转眼之间手中的扁担被夺去，右腕被抓住。安夫的皮夹克发出咯吱咯吱的声音。

安夫总算恢复了威严，他打算沉着冷静、堂堂正正地说服女人。他自己没有察觉，原来他是在模仿自己想象中这种场合新治冠冕堂皇的姿态。

“你听着！你不听我的，后果可严重哦！你和新治的事不想暴露的话，你得听我的吧？”

初江气得满脸通红，呼吸急促：

“拿开你的手！和新治的事，有什么事？”

“你别装糊涂！你都和新治私通了，把我撇在一旁！”

“别胡说！我们没有任何事！”

“我全清楚！暴风雨那天，你和新治上山做什么了……你瞧！你瞧！脸都红啦……听话，跟我也做一回那种事，不妨事的！不妨事的！”

“不要！不要！”

初江不断挣扎想逃走。安夫竭力不让她逃，他想，要是事没成给初江逃了，她一定会对她爸爸说。可如果生米煮成熟饭，她就不会对任何人说了。安夫特别喜欢看大城市里无聊杂志上经常登载的“被征服”的女人自白，让她哑巴吃黄连有苦说不出，那多来劲！

安夫终于将初江摔倒在泉边。一只水桶被打翻，水润湿了苔藓覆盖的地面。路灯下初江脸上小小的鼻翼在扇动，没有闭住的眼白部分炯炯有神。她的头发半泡在水里。她突然噘起嘴的工夫，安夫下巴上已被吐上了一口唾液。这一动作更加勾起了安夫的情欲，他感觉自己胸脯下有个剧烈起伏的胸脯，便把自己的脸强行压到初江脸上。

这时，他突然发出一声惨叫跳了起来。原来他又被马蜂蜇了脖子。

愤怒之余，他双手乱舞试图捉住马蜂，就在他被蜇得手舞足蹈的空隙，初江已逃到台阶那边去了。

安夫狼狈极了。他为了驱赶马蜂忙活了一阵子，随后再次如愿地捉住了初江。刹那之间自己究竟干了什么，连自己也搞不清头绪了。好歹，他总算抓住了初江。当他把初江那丰腴的肉体推倒在苔藓上时，聪明的马蜂这回则停到他的屁股上，透过裤子布将毒针狠狠地扎进他的肉里。

安夫跳起来，有了逃跑经验的初江这回逃到了泉水背后。她从枝叶中穿过，靠羊齿叶遮挡，边跑边找到一块大石头。她把石头高高举起，这才总算喘过气来居高临下地俯视着泉水边。

老实说，先前初江并不知道危难中为自己救驾的是何方神明，但当她惊讶地看见安夫在泉水边狂跳乱舞时她才明白，原来一切都是机灵的马蜂的杰作。安夫向空中挥舞的手指尖处，正好迎着路灯的光亮，所以初江看到有一双小小的金色翅膀振翅横飞过去。

看样子安夫总算把马蜂赶跑了，他呆立着用毛巾擦汗。接着他在四周寻找初江的身影，但哪里还有？他小心翼翼地把两手做成喇叭状低声呼喊初江的名字。

初江故意将脚下的羊齿叶踩得沙沙作响。

“喂！原来你在那里！下来呀！我什么也不干啦！”

“不要！”

“我让你下来嘛！”

他本来想上去，但初江举起了石头，他畏缩了。

“你这是干什么！多危险……我怎样你才能下来呀？”

本来他可以就此逃掉，但他怕初江向父亲告状所以还在纠缠不休地问：

“……喂，我怎么样你才能下来呀？你要向你老爸告状吗？”

——没有回答。

“我说，告诉我你不向老爸告状！我怎样做你才能不告状？”

“打水，替我挑到家。”

“真的？”

“真的。”

“照老爷子厉害呀！”

说来实在可笑，接着，安夫默默地开始做的事似乎是被某种义务观念裹挟一般。他扶起倒了的水桶，重新倒入水，把拴两个桶的绳子穿到扁担上，挑在肩上迈开了步子。

良久，安夫回头一看，初江不知不觉地跟了上来，走在后面不到两米远的地方，没有一点笑容。安夫站住，她也站住；安夫又开始往石阶下走，她也往下走起来。

村子里仍然鸦雀无声。月光如水，洒在所有的屋顶上。两人朝着村子一段段走下石阶，他们脚下四处不断传来雄鸡打鸣声，表示黎明已经不远。

第十章

新治的小弟阿宏回岛。母亲们站在码头迎接儿子。因为下着蒙蒙细雨，看不到海面。离码头有百米左右的时候，轮渡船在雾霭中露出身影。母亲们七嘴八舌地喊着儿子的名字，孩子们在船的甲板上挥舞着的帽子和手帕之类已看得越来越清楚。

船到岸，中学生们虽然见到了每个人的母亲，但也只是笑了笑，同伴之间仍然继续在海边沙地上笑闹。他们不愿被同伴看见自己和母亲撒娇。

阿宏回到家以后，兴奋的情绪仍没有消退，还显得有点坐立不安。所说的话呢，没一句涉及名胜古迹，都是些在旅店同伴半夜起来上厕所害怕，硬把他叫醒一起去，害得他第二天困得要命之类的话。

带回了某种强烈印象的事，也确实有，但是阿宏不知怎么用嘴来表达。试图回想起什么，结果回想起了一年多以前他在学校走廊地板上涂蜡，造成女老师滑倒而自己幸灾乐祸的事情。那些闪闪发光、在自己身旁昙花一现，曾几何时又消失殆尽的电车、汽车、高楼大厦、霓虹灯等让人吃惊的东西都哪里去了呢？在这个家中，和旅行前一样，有碗柜、挂钟、佛龛、矮脚小桌、梳妆台，还有母亲，还有灶台和脏乎乎的榻榻米。这些东西即便不说话也可意会。然而，所有这些，甚至包括母亲都央求他讲讲旅行见闻。

到了哥哥新治该回来的时候了，阿宏总算消停下来了。晚饭后，阿宏在母亲和哥哥面前打开小本子泛泛地将这次旅行讲了一遍。于是，大家听完后感到满意，就不再央求他了。一切回归原状。所有的东西即便不说话皆可意会。包括碗柜，包括挂钟，包括母亲，包括哥哥，包括被烟熏火燎得黑乎乎的灶台，也包括大海的喧嚣……阿宏便在这些东西的包围中酣然入睡了。

阿宏的春假已接近尾声。因此，他从早起到晚上睡觉为止全天没命地玩。岛上的玩耍场所很多。自从在京都和大阪首次看了以前听人说的西部剧电影后，在阿宏的玩伴中流行一种新鲜玩法，那就是模仿西部剧。他们望见隔海相望的志摩半岛的元浦一带升起山火的浓烟，便不由得联想到印第安人城堡中升起的狼烟。

歌岛上的鱼鹰是候鸟，在这个季节鱼鹰的身影渐渐稀少了。夜莺在全岛频频啼叫。在去中学路上陡坡的最高处，说是冬天站在那里正迎风口能把人的鼻子冻红，因此被称为“鼻红岭”。但现在天气无论怎样春寒料峭，鼻子也不会冻红了。

岛南端的弁天海角是他们模仿西部剧的舞台。海角西侧的海岸是清一色石灰岩巨石，攀岩上去，就到了一个岩洞洞口，这是歌岛最神秘的秘境。从一米半宽七八十厘米高的小洞口进入，随着进入纵深，蜿蜒曲折的路渐渐变宽，一个三层的大洞穴在眼前展开。进这个洞前是一片漆黑，而进洞后则有点亮光，是一种混混沌沌的奇特微光。洞在无法看到的纵深处贯通海角，从东海岸进来的潮水在深深的竖式坑底一涨一落。

捣蛋鬼们手拿蜡烛进了岩洞。

“嗨！小心！危险呀！”

他们互相提醒着向黑黝黝的洞中爬去。他们看看彼此的脸孔，几个人的脸孔在烛光照耀下都显得又大又恐怖。这时，他们都为烛光下的脸上没有长出蓬乱浓密的胡须感到遗憾。

同伴共三人，就是阿宏、阿宗和阿胜。他们一行正要进到洞穴深处去探寻印第安人的宝藏。

进到洞里勉强站起身来，走在前头的阿宗头上刚好缠上了厚厚的蛛网。

“啊呀，你头上戴了那么多头饰，干脆你来当酋长吧！”

阿宏和阿胜瞎起哄地说。

不知什么人曾经在壁上刻的梵文上已长了苔藓，他们将三根蜡烛立在梵文下面。从东海流下来的潮水猛烈地拍打着岩石发出可怕的声响。在外面听到的惊涛拍岸声和在洞中听到的简直难以相比。万马奔腾般的轰鸣声碰上四面的石灰岩壁发出回响，那声音互相重合，使整个山洞都在隆隆作响，就好像被什么东西摇撼一般。想起传说的旧历六月十六到六月十八之间将有来历不明的七条大白鲨现身，他们全都感到不寒而栗。

少年们的游戏，角色可以自由轮换，敌我双方可以简单地互换立场。那两个人将头上粘了蛛网的阿宗推举为酋长后，便丢弃了先前边防警备队员的身份，一变而为印第安人的手下随从，询问酋长波涛的可怕巨响是怎么回事。

阿宗呢，也就心领神会，威风十足地坐在烛光下的岩石上。

“酋长殿下，请问那可怕的声音为何物？”

阿宗以庄严肃穆的口吻回答：

“你问那个么？那是天神在发怒！”

“怎么样才能请神灵息怒呢？”

阿宏问道。

“是啊！除了上供祈求别无他法！”

大家把从母亲那里要来的或偷来的薄饼、馒头等摆在报纸上，供在竖坑对面的岩石上。酋长阿宗从两人中间穿过，沉静地走到祭坛前面，在石灰岩地面上跪拜，并高举两臂念着即兴胡诌的怪异咒语，将上半身一弓一抬地祈祷。阿宏和阿胜也在酋长身后学着他的样子祈祷。地面岩石的冰冷感觉透过裤子布传到膝盖，在此期间，阿宏也感到自己成了电影里的一个角色。

所幸神仙的恼怒似乎已经平息，波涛的轰鸣声变得平稳起来，三人坐成一圈，享用了撤下的薄饼和馒头。如此一吃，味道比平时香甜十倍。

这时，响起了更加可怕的轰鸣，竖坑里还溅起了白色水花。

昏暗中，一瞬间的水花宛若白色幻影；大海摇撼着岩洞，使其发出可怕的怒吼，看样子俨然要把三个印第安人卷入海底。阿宏、阿宗、阿胜三个顽皮的捣蛋鬼也都真感到恐怖了。不知来自哪里的一阵风吹来，吹得三支蜡烛的火苗乱跳乱舞，其中一支竟然被吹熄，其阴森恐怖的情景真是无以言状。

然而，三人平时都是争强好胜、吹嘘自己胆子大的主儿，所以也就任凭半大小子的天性，顺水推舟地把恐怖演变成游戏，来掩饰自己的心虚胆怯。阿宏和阿胜作为两个胆小鬼的印第安人喽啰，都在那里装扮出被吓得浑身发抖的丑态。

“哎呀妈呀！可怕！可怕！酋长殿下！天神大发雷霆之怒了！因何那等震怒啊？”

阿宗正襟危坐在石头宝座上，作出文雅而不失酋长身份的瑟瑟发抖状。被追问之下的他没往深里想，灵机一动想到最近两三天岛上私下风传的一件传闻，就打算以此作答来应个景。阿宗咳嗽了一声清清嗓，然后说道：

“是因为不道德，因为不正当！”

“您说的不道德，是指什么呀？”

阿宏问道。

“阿宏呀，你还不知道吗？因为你哥哥新治，和宫田家姑娘初江野合啦！结果惹得天神发怒啦！”

因为说的是自己哥哥，阿宏感觉这肯定有损自己的名誉，他十分生气，不管不顾地质问酋长：

“俺哥和初姐怎么了？什么叫野合？”

“你不懂吗？野合，就是男的女的一块睡觉！”

阿宗虽这样说，其实更多的他自己也不清楚了。不过，听了这个解释，阿宏知道这是个相当侮辱人的说法，所以勃然大怒，立即扑向阿宗。阿宗肩头被抓住，脸上挨了一拳，不过斗殴很简单地就结束了。因为阿宗被推倒在岩壁那里时，剩下的两支蜡烛也掉到地上熄灭了。

洞穴里只剩下微微的光亮，他们仅能模模糊糊地分辨出彼此的脸。阿宏和阿宗虽然气喘吁吁地互相对峙，但他俩慢慢地明白，弄得不好会招致多么危险的后果。

“还不住手！多危险啊！”

因为阿胜居中调解，三人划根火柴，总算借那个亮光来找到蜡烛，然后默默地爬出了洞穴。

——当他们沐浴着洞外的明媚阳光攀上海角来到其背后时，已经捐弃前嫌和好如初，刚才的吵架早已忘到九霄云外，唱着歌儿走在海角背后的小道上了。

……古里海滨沿矶头一片，

弁天、八丈、庭园海滩[①]……

① 庭园海滩，神岛景观之一，位于弁天海角东侧，即书中海女比赛捕捞鲍鱼的地方。因整个海滩和庭园相似而得名。

这个古里海滨在海角西侧描绘出全岛最美的海岸线。海滨中央屹立着被称为“八丈岛”的巨大岩石，足有一座二层楼高。其顶端爬地松丛生，四五个小顽童正在一边挥手一边喊叫着什么。

三人也挥手以示回应。他们要走的小路周围的柔软草地，四处开满了一丛丛紫云英的红花。

“啊！拖网船！”

阿胜手指着海角东侧海面说。在那里，庭园海滩环抱着美丽的小小入海口，海口附近有三艘拖网船静静地停泊在那里等待涨潮，那种船操控着大型拖网在水中行进。

阿宏也“哦”了一声，和同伴一起眯起被大海的闪光晃得眼花缭乱的眼睛。然而，刚才阿宗的话还沉重地压在他心里，而且他感觉随着时间的推移越发深深地沉积在他的心底。

晚饭时间，阿宏空腹回到了自家。哥哥还没有回来，母亲独自在往灶坑口塞柴火。木柴燃烧发出噼啪声，灶台内大火燃烧发出刮风一样的呼呼声，灶台来的香味，仅仅此刻抵消了厕所的臭味。

“哎，妈妈！”

阿宏在榻榻米上躺成个“大”字不动姿势地招呼道。

“什么事？”

“有人说我哥和初姐野合了，是怎么回事呀？”

母亲不知不觉离开了灶台，端坐到躺着的阿宏旁边。她眼里闪着异样的光，看起来和她脑后披散的头发一样令人害怕。

"阿宏！你从哪儿听来的？这话是谁说的？"

"是阿宗啊！"

"那种话再说可不得了啊！对你哥也不许说呀！如果你说了，几天都不让你吃饭！听到没？"

——对年轻人的情爱，母亲一向采取宽容态度。在她下海当海女期间，她也讨厌人们在可以做海女的季节里一边烤火一边议论别人的飞短流长。不过，当为自己儿子的情爱事不得不来应对社会上的流言时，她就有必要履行一个母亲的义务。

当晚阿宏睡着后，母亲将嘴凑到新治耳边用低沉而有力的声调问道：

"你，知道你和初江的事传得很难听吗？"

新治摇摇头，但脸变得通红。母亲虽然有点困惑，但不乱方寸，用一种单刀直入的口气盘问道：

"一起睡了？"

新治又摇了摇头。

"这么说，你没做让人背后议论的事啊！真的吗？"

"真的呀！"

"好！这样，我就没话说了。不过你要小心！人言可畏呀！"

……然而，事态并没有向好的方面发展。次日晚，新治妈在女人们的唯一聚会庚申会[①]上一露头，大家便露出很扫兴的表情住

① 庚申会，基于"庚申信仰"的集会。以中国道教中的"三尸说"为母本，认为在庚申日的夜晚不可入睡，方可免遭折寿之险。

了口。本来大家正在议论那个传闻呢。

次日晚，新治去参加青年会，他若无其事地打开门一进去，明晃晃的电灯泡下，伙伴们围着桌子就某个话题谈兴正浓，一见到新治，一瞬间便都陷入了沉默。只听得到响彻房间的波涛声，俨然屋中空无一人。新治像平时一样靠墙抱膝坐下，默默无语。这时，大家又像平常一样热闹地转移到别的话题。今天支部长安夫倒是罕有地到得很早，他隔着桌子落落大方地和新治点了点头，无疑心的新治以微笑作答。

一天，在“太平丸”号的海上午饭时间，龙二看上去毫无主意地说：

“新哥，我真来气啊！安兄拼命说你的坏话呢！”

“这样啊？”

新治默默地笑了一下，表现得很有男子汉的度量。渔船摇摆在春天柔和的波浪里。这时，沉默寡言的十吉罕见地对这个话题插上了一嘴：

“明白！明白！你们瞧！安夫吃醋啦！那小子倚仗老爹洋洋得意，是个讨厌的大混蛋。新治也成了不得了的帅小伙，惹得别人吃醋啦！新治！甭管他！出什么麻烦有俺呢！”

……安夫所散布的流言就这样悄悄在全村的每一个角落被议论着，不过还没有进入初江父亲的耳中。一个晚上，村里出了事，这事简直够全村议论一年都议论不完，事情出在公共澡堂。

村里不管多有钱的人家都没有自家洗浴设施，却说宫田照吉老爷子去了公共澡堂。他满身牛气地用头掀开布帘，一甩手撕扯下身上的衬衣想丢进筐子里，结果衬衣和腰带等却落在筐外。随后，照吉一次次大声咂舌，再用脚指头夹住那些东西抛进筐子。周围看着的人表示胆怯，而这正是他所剩无几的机会之一，他要利用这个机会在人前表明，他虽已年老气力未衰。

倒也不假，这位老者的裸体看上去也委实不同凡响。紫铜色的四肢毫无明显的松弛，目光锐利，粗犷的额头上凌乱而悚然地倒立着雄狮鬃毛般的白发，那白发和深红色的胸脯形成了鲜明的对照。隆起的肌肉由于久不使用已经变硬，给人留下了经风吹浪打后愈发险峻的磐石的强烈印象。

可以说，照吉是歌岛上劳动、意志、野心和力量的化身。他是第一代创业成财主的，浑身洋溢着带有几分粗鄙的精力，但却又孤高成性而决不插手公务，这种脾性反而得到村中头头脑脑的重视。裸眼观天气惊人的准确，对捕鱼航海丰富的经验和对村史、传统的高度自信等——这些优长虽因不容人的死板、可笑的自命不凡以及“年既老而不衰”的喜欢打架斗殴等毛病有所减分，但总之，这位老人健在期间，就说他活成了一尊铜像也不足为怪。

他拉开了澡堂的玻璃门。

澡堂里浴客很拥挤，在浓重的水蒸气中，大致可模模糊糊地看到人的动作举止。水声、木桶相撞的脆快声和人们的说笑声在天棚处反射出回声。热水满池，一天劳动后的放松感也和满池的热水一起充溢全身。

照吉下到大池子前绝不冲洗身体。他威风凛凛地从澡堂门口大步流星地直奔大池子，就那样径直将腿插入大池子。不管水有多热，他根本毫不介意。对心血管疾病之类，他比对香水、领带更不关心。

由于照吉的粗暴动作，大池子里先来的浴客们即便被溅上一脸水，但一看对方是照吉，便恭恭敬敬地以目致意，而照吉则将他那傲慢的下巴浸入水中。

在大池子旁边洗身体的两个年轻渔夫没有发现进来的照吉，他俩还在毫不顾忌地大声议论照吉：

“宫田家的照老爷子也老糊涂啦！女儿都被人糟蹋了，还蒙在鼓里呢！”

“久保家的新治这一手干得不是很漂亮嘛！总以为还是个孩子呢，可人家毫不含糊地把美女抢到手啦！”

大池子里先来的浴客们很尴尬，把目光从照吉脸上移开。照吉呢，浑身烫得通红，他若无其事地从池中走出来，两手提两个桶从池里灌满冷水，走到两个青年身旁，猛然把冷水浇到两人头上，接着又用脚猛踹两人的后背。

两个青年满脸肥皂泡眼睛半睁半闭，正想激烈反击，但一看对方是照吉便退缩了。老人用肥皂泡沫弄得又湿又滑的手指抓住两个人的脖颈，将其拖到大池子前，两颗头被一股可怕的力量按进热水里，老人粗壮的手指紧紧抓住两人脖子，像涮衣物一样让两个头在热水中摆来摆去并互相碰撞。最后，照吉轻蔑地扫一眼目瞪口呆站起来的浴客们，连身体也不洗了，就大步流星地离开了公共澡堂。

第十一章

翌日，“太平丸”号上吃午饭时，老板十吉从烟荷包中拿出一个折叠着的小纸片，一边别有意味地笑着一边要交给新治。新治伸手去接。

“你听着！你看了之后，干活也不许懈怠，能保证吗？”

“我不是那样的人。”

新治言简意赅地回答。

“那好！男子汉说话算话！……今早我路过照老爷子门前时，初江悄悄出来一声不吭地把这个折叠好的纸片塞到我手心，就回去了。到了这把年纪还有人给我情书，得意洋洋地一打开，看到的却是‘新治先生’！哎呀，我真混，差点被我撕碎丢到海里去呀！转念一想，天可怜见，就这么带过来啦！”

新治接过纸片，老板和龙二都笑了。

新治生怕弄破，他用粗壮的手指小心翼翼地打开了那小小的折叠纸片。纸包里还有烟丝落在手掌心。信纸上开头是用自来水笔写的，两三行后好像没墨水了，接下来是淡淡的铅笔字。幼稚而拙劣的字写着下面的内容：

"……昨晚父亲在公共澡堂听到了有关我俩的难听传闻后大发雷霆，已对我宣布绝对不许再和你见面。无论我怎样辩解都没用，父亲就是那样的人。说是从晚上渔船回港到次日晨渔船出海这段时间绝对不许外出，还说轮到打水的班就请邻居大妈代劳。一点辙也没有了。我伤心得不得了。父亲说只要是渔船不出海的日子，他会寸步不离地全天在旁边看守我。怎么才能跟你见面呀？请你想个办法！通信方面，邮局全是认识的叔叔，不敢去寄，所以，我每天写信塞进厨房前的水缸盖子上，新治的回信也请塞进那里。新治你自己去取危险，请你拜托个信得着的朋友；我呢，回岛时日太浅，还没有信得着的朋友。说真的，咱们可要坚强地活下去呀！我每天都在母亲和哥哥的牌位前祈祷，请他们保佑你出海捕鱼平安无事，佛祖一定能理解我的心情的呀！"

新治看着信内心悲喜交集，悲的是他和初江的热恋被棒打鸳鸯，喜的是他从信里读出了一个女人的真情，这两种情感就像光和影一样交替在他脸上显露出来。待新治看完了信，十吉一把手抢过信念了起来，这似乎是信使天经地义的权利一般。为了让龙二也听见，十吉不仅发出声音，而且加进了他特有的浪花小调的调子，这是他经常独自念报时的语调。对新治来说，尽管明知老板没什么恶意，但毕竟是自己心爱者严肃认真的信，被拿来取笑，内心不免有几分难过。

然而，信的内容感动了十吉，他念信中间几次重重叹息，加进感叹词。最后，他用平素指挥捕鱼时那种百米之内都能听见的大嗓门抒发了观感：

“这丫头好聪明！”

经不起十吉再三央求，在没有外人的渔船中，听众都是自己信赖的人，新治就把事情一点点倾吐出来。他讲得很笨拙，颠三倒四的，关键地方还有遗漏。把来龙去脉大致讲一遍很费时间，总算讲到关键之处了，当新治讲到暴风雨大作那天，两人一丝不挂互相拥抱却终于没成好事那一段时，就连平素不苟言笑的十吉都笑声不绝：

“要是我，换上是我呀！真是太可惜啦！不过话说回来，没睡过女人说不定就会那样。而且那姑娘很有主见，你小子不是她对手啊！尽管这样，你小子也太蠢啦！得！算啦！等你把她娶过来，每天来上十次，也就补上啦！”

比新治小一岁的龙二一脸似懂非懂的样子在听着。新治呢，也不像城市的初恋少年那样神经脆弱，大人的取笑绝对伤害不了他，对他反而是一种温情和宽慰。海浪拍打着渔船前行，也使他沉下心来，所有秘密一经无保留地倾吐而出就一身轻松，这个劳动场所便成了他无可替代的安息之处。

龙二从家来码头要途经照吉家，所以他主动揽去了每早去水缸盖下取信的任务。

“你小子明天开始就是邮政局长啦！”

不常开玩笑的十吉这样说道。

每天的信，成了船上三人午休时的话题，信的内容所带来的悲叹和愤怒总是三人来分享。第二封信格外让人生气。这封信里详述了深夜安夫在泉边偷袭初江以及安夫所说的威胁人的话，尽管初江信守约定没有告发，但安夫却为了泄愤将谣言传遍全村。照吉不许她再和新治见面时，初江立即申辩并顺便说出了安夫施暴的事，然而，父亲却不想对安夫做任何处理。就这样，安夫一家依然亲密地和照吉家来往如初，但初江一见到安夫就觉得恶心，云云。信的最后，初江补充一句说，绝不给安夫可乘之机，请新治放心。

义愤填膺的龙二替新治感到不平，新治脸上也掠过平日罕见的怒色。

“都是因为我穷，所以才搞不过他。”

新治说。他口中从来没有说出过类似这种牢骚话。他几乎要流出眼泪，与其说为自己穷，莫如说为自己发出这样的牢骚而感到羞耻。然而，这位青年紧紧绷住脸，憋住这意想不到的眼泪，最后总算没有让人们见到他的哭丧面孔。

这回十吉不笑了。

以吸烟为乐趣的他有个奇怪的习惯，那就是每天轮换着吸食烟丝和卷烟。今天该吸卷烟。吸烟丝时他经常在船舷上磕他那个黄铜烟斗以便清出烟灰，为此，船舷上都被他磕出一个小坑。他心疼船，就隔一天吸一次烟丝，次日则用海里黑珊瑚手工制作的烟嘴插上“新生”牌香烟来吸。

十吉的目光从两个青年身上移开，他嘴里叼着用海里黑珊瑚手工制作的烟嘴，眺望着薄雾缭绕一片朦胧的伊势海面。云雾中依稀可见知多半岛尖部的师崎①一带。

大山十吉的脸就像皮革。就连他那深深的褶皱里面，都同样晒得很黑，发出皮革一样的光芒。他的目光虽然锐利而有生气，但已失去年轻人目光的那种清澈，代之以一种污垢不留情地沉淀在眼里，就像不怕日光暴晒的皮肤一样。

当渔夫的经验和年限使他知晓需要耐心等待。

“我知道你们想什么呢！是想把安夫狠狠揍一顿吧？可是啊，你揍了也不解决问题啊！他犯浑就让他犯浑，不用理他。新治呢，肯定不好受，不过关键是要忍耐。想钓鱼没耐心是不行的。不久，一定会变好的。正义的就是不吭声也必定会赢的。照爷不是傻瓜，不可能良莠不辨。安夫嘛，你们就先把他放下！正义最后必定是强有力的！”

村里的传闻每天和送过来的邮件及粮食一起，最多晚一天，

① 师崎，爱知县知多半岛南端的一个海港城市。

就会被送入灯塔那儿人们的耳中。照吉禁止初江和新治见面的传闻，让千代子的心情因罪恶感而跌到谷底。她想，新治恐怕不知道这个空穴来风的谣言源头是自己，至少她这样认为。但当新治情绪消沉地前来送鱼时，千代子还是怎么也不敢正视新治的脸。而另一方面，千代子莫名其妙的不高兴又让为人善良的父母惶恐不安。

千代子的春假即将结束，她回东京宿舍的日子到来了。她的思想上出现了这样的悖论——她不能主动承认是自己告的密，但如果不能得到新治的宽恕，她又不能就这样回东京。实际上她是想不主动承认自己的过错而得到本来就并不恨自己的新治的宽恕。

于是，在回东京前一天晚上，她住到邮政局长家里，在天亮前独自来到为准备出海而繁忙的海边。

人们在星光下干着活。船，底下被塞进木框，和号子声一起不很顺溜地一点点向水边下降。只有男人们头上缠着的手巾和毛巾的白色历历在目。

千代子的木屐一脚踩进冰冷的沙子里。沙子又从她脚面上静静地流下去。所有的人都在忙，没有人看一眼千代子。为每天生计这单调而汹涌的旋涡紧紧裹挟着这些人，使他们从内心深处迸发出斗志，可能没有一个人像自己这样沉迷在感情问题里。千代子想到这里，感到几分羞愧。

不过，千代子的眼睛穿过黎明前的黑暗拼命地搜寻新治的身影。全是差不多的男子身影，很难分辨出谁是谁。

一艘船总算下到海里，从羁绊中获得解脱一般地漂浮在水上。

千代子不由得向那艘船靠近，并且喊出那位头上缠着白毛巾的小伙子的名字。正要上船的青年回过头来，千代子从那笑脸上一排洁白的牙齿清楚地认出是新治。

“我呢，今天要回东京啦！想和你告个别。”

“这样啊？”——新治沉默了，用极不自然的口吻说了句“……再见！”

新治正忙着，千代子知道，所以她比新治更急。她话也说不出，更谈不上去坦白什么。她闭上眼睛，祈盼着新治哪怕在自己眼前多待一秒钟。这时，她明白了自己企望新治宽恕的心情不过是个口实，自己是长久以来一直期望享受一下他身上的温情的。

千代子希望被宽恕什么呢？笃信自己不漂亮的这位少女，情急之间意想不到地走嘴说出平素深藏心底的疑问，这也是必定只能对这个青年提出的疑问：

“新治！我那么丑吗？”

“咦？”

青年不明就里地反问了一声。

“我的脸，那么丑吗？”

千代子希望黎明前的黑暗能掩护住自己的脸，而让自己显得哪怕有一丝一毫的漂亮。但或许是心理作用，大海的东边已经发白。

新治是即刻回答的。因为他很忙，所以就避免了过慢回答让少女伤心的尴尬。

“瞎说！你很漂亮啊！”他把一只手搭在船尾，一只脚已跳上船，一边跳一边又说了一句，“你很漂亮嘛！”

谁都知道新治是个不说恭维话的人。只是，对紧急场合的问话，他给予了紧急场合得体的回答。船开走了，他从渐行渐远的船上快活地挥手告别。

就这样，岸上留下个幸福的少女。

次日晨，千代子父母从灯塔下来送别，千代子和父母说话时脸上容光焕发、神采奕奕。灯塔长夫妇很奇怪为什么女儿回东京反而如此高兴。轮渡船“神风丸”号驶离码头，当温暖的甲板上只剩下她一个人的时候，千代子从早晨起一直不断反刍的幸福感在孤独中圆满了。

“他说了我漂亮！他说我漂亮啦！”

从那个瞬间开始，千代子仍旧在毫不厌倦地重复着已经重复了不知几百遍的独白：

“他真是那样说的！这就足够了。不要再期待别的。他真是那样说的！我这就够了，不要期待更多了，不要指望得到他的爱，他有自己喜欢的女人。我做了多么恶劣的事啊！由于我的嫉妒，让人家陷入多么深的不幸啊！而且，对比我的出卖行为，他却是用说我漂亮来回报我的。我必须得补偿他……必须做件我力所能及的什么事来尽量补偿他……”

响彻波浪间的奇怪歌声打断了千代子的思绪。一看，很多挂满红幡的船正从伊良湖航道向这里开来。

“那是什么呀？”

千代子询问正在绞缆绳的船长助手。

“那是去参拜伊势神宫的船呀！水手们带着全家人，从骏河湾的烧津、远州方面坐着捕鲣鱼船要到鸟羽港来呀！船上插着很多红幡，上面写着船名，有的喝酒，有的唱歌，有的还赌博呢！”

红幡渐渐鲜明起来，随着那些船速快的远洋渔轮接近“神风丸”号，歌声随风传来几乎有点嘈杂。

千代子心中在重复：

“他说我漂亮啦！”

第十二章

一来二去，春天即将结束。众多的树木更加浓绿，虽然东侧岩壁上群生的文殊兰花期尚早，但岛上各处已繁花似锦，五彩缤纷。孩子们上学，一部分海女潜入冰冷的海里捞取裙带菜。大白天空无一人的人家增多，这些房子门不上锁，窗户大开。蜜蜂随便光顾这些空屋，在空空荡荡的家中飞来飞去，一头撞到镜子上被吓了一跳。

新治不善于思考，没有想出任何可以和初江见面的办法。虽然以前见面的机会就很少，但见面的快乐使他能够耐心等待。一想到现在见不了面，相思之苦越演越烈，可既然答应过十吉决不影响工作，又不能停止下海捕鱼，他除了每天出海归来后，估计街上没行人了到初江家周围转悠以外，也没有其他办法。二楼窗子不时被打开，初江露出脸来。但除了有的夜晚明月能恰到好处地照出初江脸孔来以外，姑娘的脸看起来都被黑影笼罩。不过，因青年视力极好，甚至连她那含泪的眼睛都能看得很清楚。担心邻居听见，初江不能出声；新治也只能从后院小块田地的石墙背光处默默地仰望着少女的脸。不过，如此可怜的幽会的艰辛，必定详细写入龙二次日取来的信中，读了那封信，身影和声音才得以重合，昨夜见到的无声的初江身姿才由于得到声音和动作而活了起来。

对新治来说，这种见面实在太苦了。所以，夜里有时新治一个人到岛子各处不大有人的地方徘徊，以排解郁闷的情绪，也到岛子南端德基王子的古墓那里去。古墓从何处到何处分界线不清楚，但在顶端的七棵老松树之间，有小小的牌坊和小庙。

德基王子的传说很模糊，甚至连“德基”这个奇妙的名字是何种语言也无从知道。一对六十多岁的老夫妇，在旧历年的旧式祭神仪式上，很快地打开了一个奇怪的盒子，人们看见里面有个笏一样的东西，但这个神秘宝贝和王子有什么关联却不得而知。据说到十年前为止，岛上的孩子管母亲叫“欸呀”①，就是源于王子管妻子叫“嘿呀”②，是小孩子将其讹变才念成“欸呀”的。

总而言之，远古，一个遥远国度的王子乘着黄金船漂流到了这个岛。王子娶了岛上姑娘为妻，死后就葬在了皇陵。关于王子的身世没有留下任何说法。没有任何牵强附会、假托王子之名的悲剧故事流传，这本身就暗示了即便该传说是事实，恐怕王子在歌岛的生涯也是幸福的，以至于没有产生故事的余地。

---

① “欸呀”，原文作“エヤ”。感叹词，在小说中是孩子们念错的讹变，无具体词义。

② “嘿呀”，日语“部屋”的读音，“部屋”在日语中的语义是“房屋”“屋子”。此处，德基王子用“部屋”来称呼妻子，类似于“家内”（日语中意为“我老婆”）的用法。

大概“德基王子”是降临在陌生土地上的天使。王子在地上的生平不为世人所知地平平度过，幸福和上天的恩惠一直到死也没有离开过他。于是乎，他的遗骸就默默无闻地被埋在了可以俯视美丽的古里海滨和八丈岛的皇陵。

——而这位不幸青年新治呢，就在小庙边徘徊，累了就孤零零地抱膝坐在草上眺望明月照耀的大海。月亮出现了风圈，预告着明天有雨。次晨，龙二去取信，为防止信被雨打湿，放在水缸木盖下稍微偏离的地方，上面还扣了一个铜盆。出海捕鱼这天全天下雨，新治在中午休息时蒙着雨衣看了信。字迹很难辨认，说是今早如开灯怕受到怀疑，所以是在被窝里摸黑写的。还加了个说明，说总是白天没工作时写，早晨出海前“投递”，但那天早晨有事要尽早通知新治，所以就把昨天写的长信撕掉了，代之以这封信。

初江在这封信里说，她做了个好梦，梦见承蒙神灵通告得知，新治乃德基王子的替身，幸福地和初江结了婚，并生出珠玉般的孩子。

初江根本不可能知道昨夜新治去参拜了王子的古墓。新治被这个神奇的感应打动了，就想今天出海回来一定好好给初江解梦，把自己前夜拜谒王子古墓证明两人有心灵感应的事写信告诉她。

自从新治拼命干活挣钱以来，母亲在海水还很凉期间就可以不下海当海女了。她想，到六月再下海潜水吧。但是生性爱干活的她，随着天气变暖光在家干家务就觉得不够了。一有空，便开始为一些闲事操心了。

儿子的不幸她一直记挂在心头。如今的新治和三个月前相比，简直判若两人。经常沉默寡言这一点和以前没有变化，但以往，这位年轻人即便沉默，脸上神情仍然一直开朗明快，而现如今那种神情已然消失。

一天，母亲做了一上午针线活，到了过午感到有点无聊，她迷迷糊糊地考虑有没有什么将儿子从不幸中拯救出来的办法。家里既无阳光，抬头仰望，暮春三月的朗朗晴空又被邻家的仓库屋顶遮断。她突然心血来潮就走到外面，走到防波堤那里眺望惊涛拍岸，水花被拍成了细碎的白沫。她也和儿子一样，思考问题时要去找大海商量。防波堤上晾晒着一片拴着捕章鱼陶罐的绳子。海边到处晒着渔网，基本上见不到船。母亲看到一只蝴蝶正在从摊开的渔网那里随意地往防波堤飞，那是一只黑凤蝶。蝴蝶难道是到渔具、沙子和混凝土这来寻找某种奇花异草吗？渔夫家的房子没有像样的院子，只有石头围起来的沿路小花坛，蝴蝶似乎对那些小里小气的花感到失望，才飞到海边来的。

在防波堤外，巨浪总是冲刷着堤下的泥土，使岸边沉积着黄绿色的浑水。浪一打来，浑水立即翻腾，水花四溅。母亲看到那只蝴蝶不一会离开防波堤，先是贴近浑浊的海面打算休息一下再往高飞。

“好奇怪的蝴蝶，学海鸥的样子呢！”

她想。这样一想，就关心起蝴蝶来了。

蝴蝶往高处飞升，顶着海流的风试图飞离岛子。风虽然看起来很温和，但打在蝴蝶柔嫩的翅膀上也还是很猛烈的。尽管这样，蝴蝶还是高高地飞离了岛子渐行渐远。母亲一直盯着耀眼的天空，直到蝴蝶变成一个小黑点。蝴蝶一直在母亲视野的一角振翅飞翔，它似乎被大海的广袤和闪光弄得眼花缭乱，邻岛的影子在它眼里看似很近实际很远，蝴蝶对此似乎感到绝望，一边在海面上徘徊一边又低低地飞回防波堤，并且落在晾晒着的绳子的影子上歇息，给影子增添了一个绳结样的黑疙瘩。

母亲是个不信任何暗示和迷信的人，但这蝴蝶的徒劳在她心里留下了阴影。

“真是只傻瓜蝴蝶！想到那边去，落在轮渡船上不就能舒舒服服地过去了吗！”

不过，在岛外没有任何事情的她，已经多年没有坐过轮渡了。

这时，新治母亲心里说不上为什么生出一股莽撞的勇气。她迈着坚实的步子快速地离开了防波堤。途中一个海女向她打招呼，她都没有理会，好像被什么东西吸引住了似的大步流星地走了过去，弄得那位海女很是吃惊。

宫田照吉是全村首屈一指的财主。他家的房子只不过是新建的而已，其屋顶倒也不比邻家房子高多少。家里既没有玄关也没有石墙。布局也跟别人家毫无两样，入口左侧是厕所的掏粪口，右侧是厨房窗户，两者各司其职，堂堂正正，就像桃花节前后偶人架上相对而坐的左右大臣一样。用作储藏室的地下室是坚固的混凝土造，结结实实地支撑着这所房屋，地下室的小窗紧贴小路开着。

厨房旁边有一口大水缸，可以装进一个人。初江每天早晨往里塞信的木盖，乍一看好像可以毫无漏洞地防尘保护缸中水，但实际上一到夏天，免不了有蚊蝇之类的飞虫尸体漂在水面。

新治母亲想进去，但犹豫了一下。她来拜访平素毫无交往的宫田家，仅此一件就足够村里人议论的了。她环视一下四周，没有人影。只有两三只鸡在小路上闲逛，透过后面人家瘦弱的杜鹃花叶子，依稀可见蔚蓝色的大海。

母亲用手拢了拢头发，头发被海风吹得很乱，她从怀里掏出断了很多齿的小小的红色赛璐珞梳子，飞快地梳理了一下头发。她穿的是平常服装，素面朝天的脸，晒得红黑的胸脯，满是补丁的灯笼裤下穿着木屐的脚是光着的。海女从海底上浮时需要脚蹬海底，这种常年的习惯使她的脚趾几度受伤而硬化，且尖锐而弯曲，形状绝对不好看，但踩在地上却坚实而稳健。

她走进了土间。土间里有人将两三双木屐胡乱脱在那里，还有一只是翻个儿倒扣着。一双红带子的木屐看样子是从海边回来，木屐下还留有潮湿沙子形成的足印。

家里静悄悄的，飘荡着厕所的气味。土间那间屋子很昏暗，最靠里的房间地面中央，姜黄色的阳光从窗户清晰地投射在一块地面上，有包袱皮大小。

“你们好啊！”

母亲打招呼说。良久，没有回答。她又喊了一声。

初江，从土间旁边的楼梯上下来。

“呀！阿姨！”

她说。她穿着素净的灯笼裤，头发上扎了个黄色丝带。

“丝带真漂亮！”

母亲说了句恭维的话。一边说一边仔细地打量自己儿子一心恋慕的姑娘。或许是心理作用，感到她面容有些憔悴，皮肤有几分白皙，为此黑眼珠更加醒目，看起来目光清澈、炯炯有神。初江发觉对方在观察自己，脸上飞起一片红云。

母亲对自己的勇气很有把握。她要见到照吉，倾诉儿子的无辜，披肝沥胆动之以情来打动对方，让二人终成眷属。她觉得除了当事人父母亲自商谈外别无良策……

“你父亲在家吗？”

“嗯啊。”

“我有话要对你父亲说，你能通报一声吗？”

“是喽！”

少女一脸担心地上了楼梯，新治母亲便坐在高出土间的门槛横木上了。

等了很久。母亲想，要是带烟来就好了。在等待中，她的勇气消退了，她明白过来自己所抱的幻想是多么疯狂。

楼梯轻轻地响了，初江下来了。不过下到楼梯中间她就扭过身体说话。楼梯周围太黑，看不清她低下的脸。

“那个……家父说：不见。”

“不见？”

“嗯……”

被这个答复完全打掉了锐气的母亲，因为屈辱而产生了另一种冲动。她一时间回忆起了自己劳苦的一生，回忆起了守寡后难以言说的艰难。她用唾沫星子四溅的口气，一边往外走一边愤怒地喊道：

“好！你不想见我这个穷寡妇是吧！你是想说不让我再踏进你家门槛是吧？那这话我先说啦！嗯，告诉你爸爸，这个家的门槛，我决不会再进第二次！”

母亲不想把这次失败的来龙去脉告诉儿子，她乱发脾气，怨恨初江，说初江的坏话，反而和儿子发生了冲突。第二天全天，母子俩没有说话。到第三天，母子俩言归于好。于是，真想猛地抓住儿子大哭一场的她，这才和儿子讲了去找照吉吃了闭门羹的事。而新治，已经从初江的来信中知道了这件事。

母亲讲述中略去了最后丢下的那句粗暴的狠话，而初江怕新治伤心也没有说。因此，新治呢，只是对母亲吃了闭门羹的屈辱感同身受。这位性情温柔的青年想，母亲骂初江虽然不能说恰当，但也是无可奈何的事。他对初江的爱慕，至今为止对母亲也没有隐瞒，现在他决定今后除老板和龙二外，不再告诉任何人。出于对母亲的孝心，他这样决定了。

这样一来，因为把好事办砸了，母亲变得孤独了。

这一阵没有坏天气，没有可以不出海的日子，对新治来说反而幸运，因为一旦有不出海的日子却不能跟初江见面，肯定会度日如年的。就这样一直见不到面挨到了五月。有一天，龙二带来了让新治乐不可支的信：

“……明天晚上，难得父亲要陪客，是从津市的县政府来的客人，要住在我家，而父亲一陪客就要喝多，早早睡觉。所以，夜里十一点左右，我跑出去没问题。请你在八代神社院子里等我吧……”

那天，新治出海回来后换上了新衬衣，因为什么也没有告诉母亲，母亲只是畏畏缩缩地抬头望着换上新衣的新治，她感到好像又见到了暴风雨那天的儿子。

新治已有充分体会，知道等待的滋味不好受。所以他想，让女方尝尝等人的滋味也好。但是，他又不忍心那样做。母亲和弟弟阿宏一进被窝，新治便出了门。到十一点还有两个小时之久。

他想，要不要去青年会消磨消磨时光？青年会的海边小屋里透出灯光，传来了准备在此入睡的小伙子们的说话声。新治感觉他们好像在议论自己，便离开了那里。

他来到防波堤，任凭海风吹打着脸。这时，他想起了首次从十吉那听说初江身世的那个傍晚，他曾怀着一种奇怪的激动心情目送过行驶在水平线上晚云前方的一艘白色货轮。那就是“未知”号。在远眺“未知”号的过程中，他的心很淡定。而一旦上了“未知”号出海，不安、绝望、混乱、悲叹等情绪便一齐蜂拥而来。

今夜他应该兴高采烈，然而，他感觉自己明白，因受到了某种挫折而没有动情。今夜见到的初江，总归会催促自己尽快解决问题吧。私奔？然而，两人住在孤岛上，要坐船逃走，新治既没有自己的船，更主要的是没钱。殉情？岛上也确乎有人殉情，但新治坚强的心拒绝走这条路，他认为那些家伙都是一些自私任性的人。他从没有考虑过死，而且他有自己必须养活的家人。

思前想后，时间过得意外的快。不善于思考的这位青年，吃惊地发现了思考能消磨时间的意外的功效。但是，这位踏实的年轻人断然踩住思考的“刹车”。因为他更早地发现了思考这个新习惯明显的危险。

新治没有手表，说得好听些，他不需要手表。他具有代替手表的奇才，那就是黑夜和白天他都能本能地感知时间。

比如说，星星移动。即便不善于对其进行精密的测定，身体也能感知黑夜和白天的两大循环。因为置身于大自然的一部分中，不可能不知道大自然的准确规律。

然而，实际上当他坐到八代神社办公室的石阶上时，他听到了报告十点半钟的一声自鸣钟响。神官家人们还鸦雀无声。他将耳朵贴在防雨窗板上，又仔细地一一数了挂钟冷清地敲响十一下。

青年站起来，穿过昏暗的松荫，上了共有二百级的石阶。天上没有月亮，薄薄的云笼罩着天空，只能见到几颗稀稀落落的星星。尽管天没亮，石灰岩的石阶也不遗漏地将夜里的微光集聚起来，像庄严巨大的瀑布一般白茫茫一片悬在新治脚下。

伊势海广袤的景色完全隐秘在黑夜中，比起知多半岛、渥美半岛那边星星点点的灯光，宇治山田一带的灯光更显得密集，无间隔地连成一片，煞是好看。

青年很为自己刚刚穿上身的衬衣而骄傲。这种漂亮的白色即使从二百级的最下边也能立马看到。在石阶第一百级左右那一带，两边伸过来的松枝形成几堆暗影。

……石阶下面出现了个小小的人影，新治激动得心跳加剧。专心致志跑上来的木屐声发出很响的回声，和那个小小的人影都有点不相称。看样子并没有气喘吁吁的样子。

新治压抑住了自己也想跑下去迎接的冲动。他想，先前自己已经等得如此心烦，有权在最上面继续悠然而等吧。到初江走到能看清她脸面的地方，新治又抑制住自己想大声招呼的冲动，他想如果不跑下去有点对不住对方。那么，到什么地方能看清脸面呢？是第一百级的地方吗？

——这时，新治听到脚下传来异乎寻常的大发雷霆的声音，好像真真切切在喊叫着初江的名字。

在第一百级左右比较宽大的平台上，初江紧急停住了脚步，看得到她胸部急剧地起伏。藏身在松荫里的父亲照吉出现了，他一把抓住了女儿的手腕。

新治看到父女俩在那里发生几句激烈的争吵。新治在石阶的最上边好像被定住了一般凝然不动了。照吉根本不想往新治这边看一眼。他一直紧紧抓住自己女儿的手，就那样从石阶上往下走。青年呢，头脑差不多麻痹了一般，无计可施，就像哨兵一样以刚才同样的姿势伫立在石阶顶部。那父女俩的身姿走下了石阶，向左一拐后消失了。

第十三章

海女的季节，对于岛上的年轻姑娘来说，正像城市的孩子以紧张的心情面临学期考试一样，这种技能从小学二三年级比赛海底取石头时就开始学会，加之争强好胜之心，技术自然而然长进而渐入佳境。但随心所欲的游戏一经变成严酷的工作，年轻姑娘们便无人不畏惧，一到春天她们已经讨厌夏天的来临了。

寒冷、呼吸困难、水中眼镜进水的那种无以言状的痛苦、就差二三寸远马上就要捉到鲍鱼那种袭击全身的恐怖感、虚脱感，还有各种各样的伤痛、脚蹬海底上浮时脚趾尖被尖锐的贝壳划出的伤痛、带病潜水后那种被灌了铅一般的懒散怠惰情绪……这些在记忆中被打磨得越来越敏感，加之一再反复，恐怖变本加厉，甚至连做梦的余地都没有的深深熟睡中，也屡屡突然被噩梦惊醒，在和平宁静的被窝周围的黑暗中，给人们看手掌心握着的水洗般的冷汗。

有丈夫的上了年纪的海女则不同。她们每每下水出来便大声歌唱，大声说笑，工作和娱乐浑然一体了。年轻姑娘见到这，心想自己绝不要那样。可是过了几年她们便吃惊地发现，自己已经不知不觉地成为开朗、熟练的海女的一员了。

歌岛的海女六七月最忙。干活的地点就是弁天海角东侧的“庭园海滩”。

那一天也是入梅前，还不能称为初夏，烈日当空的海滨燃起了篝火，烟随着南风被吹向王子墓的方向。“庭园海滩”环抱的小小海湾直面太平洋。夏云高高飘在海面上空。

小小海湾诚如其名，具有庭园的结构。围绕海滨的很多石灰岩，模仿西部电影打仗玩的孩子们，为隐藏在岩石后面打手枪配备了十分适合的地形地物，而且表面光滑、露出多处小手指粗的洞穴，成了蟹子、海滩各种虫子的栖身之所。岩石环抱的沙地一片雪白，面朝大海左边断崖上文殊兰正值花期，这时的花不像凋谢期那样乱蓬蓬的毫无生气，而是将它那水葱般诱人的乳白色花瓣伸向碧空。

篝火周围，人们午间休息的谈笑很喧闹。沙子还没有到烫脚的程度，水还很凉，尽管如此，也还没有到从水里上来就立即穿上棉衣烤火的程度。大家正在一边高声笑着，一边互相挺胸自豪地显示自己的乳房。也有的人正在双手托着自己的乳房。

“不行！不行！手拿下来！用手托着，太骗人！”

“乳房长在身上，就是用手托着，也骗不了人的。你瞎说什么！”

大家笑了。原来她们在比赛乳房的形状。

谁的乳房都受过太阳暴晒，既没有神秘的白皙，更看不到肌肤里透出的青色静脉，也看不出只有这一片肌肤有多么特殊敏感。不过，肌肤在太阳暴晒里，滋润出一种蜜一般半透明而光润的颜色。乳头周围乳晕的颜色由深到浅，颜色衔接得十分自然，并非是只有那一块藏着黑色而温湿的秘密。

篝火周围熙熙攘攘的女人众多乳房中，有的已经枯萎，也有的变得干枯僵硬，只剩下乳头还像葡萄干一样残留着一点青春韶华的余痕。一般地说，大多是相当发达的大胸肌让乳房不会沉重地下垂，而是在胸前保持着坚挺，这说明这些乳房每日是在阳光下不知羞耻地果实般成长发育起来的。

一个姑娘左右乳房大小不一，她为此很感痛苦，一位直爽的老太婆这样安慰道：

“用不着发愁！很快你的男人就会给你揉好的呀！”

大家笑了，但姑娘还很担心地追问：

“真的吗？阿春奶奶！”

“真的呀！我就知道以前有位姑娘也这样，有了男人后就变得一样大啦！”

新治母亲为自己乳房还没老而自豪。和年龄相仿、有丈夫的女人相比，自己的乳房还保养得最为娇嫩。她的乳房似乎既不知爱的饥渴，也不知生活的艰辛，整个一个夏天都是面向太阳，直接从太阳那里得到了无尽的力量。

年轻姑娘们的乳房并没有怎么勾起她的嫉妒心。不过，只有一对美乳，不仅让新治母亲赞叹，甚至成了所有女人赞赏的目标。那就是初江的乳房。

新治母亲今天是这个夏天首次出海，所以，今天也是她和初江第一次能从容见面的机会。自从新治母亲在初江家撂下那句狠话后，虽然见面也交换过注目礼，但初江本来就是说话不多的姑娘。今天大家还都很忙，互相开口说话的机会不很多。像这种比赛乳房的场合，饶舌的主要是年长的女人，新治母亲本来就很拘谨，加之闭门羹事件，她根本不想从初江身上引出话题。

然而，当她看到初江的乳房，她认为可以肯定关于初江和新治的负面谣传将会随着时间的逝去而烟消云散。见到初江这对乳房的女人已经不会再怀疑，而一定会明白，那绝不是和男人睡过觉的乳房，还只是一对含苞待放、即将绽开的蓓蕾，一旦开放不知有多美呀！

托着一对蔷薇色蓓蕾的一双隆起小丘之间，有着饱经日晒、健康而细腻滑润的峡谷，保有一丝冷峻且洋溢着早春的气息。乳房的发育丝毫也不落后，与四肢的健全发育同步。但是，看样子尚带有几分坚挺的小隆起当前正处于似醒非醒的睡眠当中，只需羽毛轻轻一碰或微风的些许爱抚就会醒来。

这对健康处女的乳房长得妙不可言，老太婆不由得用粗糙的手掌触碰一下乳头，吓得初江跳了起来。

大家笑了。

“阿春奶奶体验到了男人的感觉了吗？”

老太婆用两手搓搓自己满是皱纹的乳房，提高嗓音道：

“什么呀！那种乳房就是青涩的桃子，我老婆子的是老腌咸菜，香在其中啊！”

初江笑着晃了晃头发，一片绿色透明的海藻从头发上掉下来，落到耀眼的海边沙地上。

大家正在吃午饭时，一个非常会掌握时间的异性从岩石后出现了。

海女们故意尖叫，拿起身旁的盒子饭竹皮遮挡住乳房。其实她们一点都没有吃惊。闯入者是每个季节都上岛的老行商，大家不过是嘲弄他的年老故作羞态而已。

老人下身穿着皱皱巴巴的裤子，上身穿着对襟白衬衣。他把背着的大包袱放在岩石上擦汗。

“看样子你们倒是吓得不轻，要是来得时间不对，那我回去好不好啊？”

老行商知道在海滩上摆出那些货最能勾起海女们的购买欲，所以欲擒故纵地说。在海边海女们很大气。老行商在那里让她们挑选好，晚上给送到家里然后收取货款。另外，海女们呢，也喜欢在阳光下分辨衣物的颜色。

老行商在岩石的阴凉处打开了包裹，女人们则嘴里塞满着各种吃的，在大包袱外围成一圈。

有浴衣，有便服和童装，有单层和服腰带，有裤头，有衬衣，还有扎和服带的细绦绳……

当老行商取下装得满满的扁平箱子的盖子时，女人们异口同声地发出感叹声。里面女人用的小百货摆着一大排，有钱包、木屐带子、塑料提包、扎头发丝带和胸针等等混装在一起，真是五花八门，应有尽有。

“哪样都想要啊！”

一位年轻的海女说了老实话。顷刻之间，很多黝黑的手指伸过来，精心地翻捡和品评，还相互之间争论合不合身，并且半开玩笑地砍价。结果，老行商卖出了两件价值一千日元的棉布浴衣，还有一条混纺的单层和服带子和许多零碎商品。新治母亲买了价值两百日元的塑料提包，初江买了一件年轻姑娘喜欢的白地印染有牵牛花图样的浴衣。

老行商没想到生意竟然如此红火，非常高兴。他很瘦，对襟衬衣领口露出晒得很黑的肋骨，花白头发剪得很短，从脸上到额头沉积着几颗黑色的衰老斑。被香烟熏得焦黄的牙齿所剩无几，所以说话很难听懂，越大声说越是听不懂。总之，海女们从他脸上那痉挛般颤抖的笑和过分夸张的动作，明白了行商要来一场所谓“无私”的服务。

老行商用小指留了很长指甲的手，匆忙地从货物箱中拿出两三个漂亮的塑料提包。

“你们看！蓝色的适合青年，茶色的适合中年，黑色的适合老年……”

“我老婆子要适合年轻人的！”

刚才那位老太婆跟着瞎掺和，引得大家发笑，这样，老行商就更加声嘶力竭地叫卖：

“最新流行的塑料提包，一个实价销售八百日元！”

“啊！太贵啦！”

“反正你是漫天要价！”

“实价八百日元，为感谢大家惠顾，我要无偿赠送一个给你们中的一位。”

手天真地张开，一起伸了过来，老行商煞有介事地把大家的手挡开。

“我说的是一个呀！仅仅一个。这是为了祝贺歌岛繁荣的‘近江屋大奖’[①]，血本大酬宾。不管谁赢了，送给胜者一个。年轻人赢了送蓝色的，中年人赢了送茶色的……”

海女们惊得倒吸一口冷气。走运的话就能白得价值八百日元的塑料提袋。

老行商从大家的沉默中明白了自己收买人心的伎俩已经成功。从前，他本是个小学校长，但因为乱搞女人而身败名裂，沦为目前这种身份。回忆起自己这段历史，他突然想到要重新当一次运动会的指挥。“反正搞比赛，那就搞一次报歌岛恩情的比赛为好。怎么样？诸位！来一次捞鲍鱼比赛吧！奖品发给一个小时内捕获最多的人吧！”

---

① 本文中提到的“近江屋大奖”，据判断应该是老行商的调侃。

他在另一块岩石的背阴处郑重地铺上了包袱皮，然后庄重地摆上了奖品。实际上都是五百日元左右的商品，但看样子倒像值八百日元。适合青年的是天空颜色的方形盒子状，新出厂的船一样的蔚蓝色，和闪闪发亮的镀金摁锁真是无法形容的绝配；适合中年人的茶色提包也是个方形盒子状，是仿真鸵鸟皮由模压机压制而成，工艺相当考究，乍一看那仿真鸵鸟皮几乎可以乱真；只有适合老年的黑色提包不是方形箱子状，不过无论那细长的金色锁扣还是横长的船形，工艺都很精良，显得高贵典雅。

新治母亲想要那个适合中年人的，所以率先报了名。

这时，接着报名的，是初江。

载着八名报名参赛海女的船驶离岸边。掌舵的是一位不参赛的中年女人。八人之中，只有初江一个是年轻人。年轻姑娘们知道反正也争不过别人主动弃权了，都准备当初江的啦啦队员。留在岸边的女人们分别准备声援自己喜欢的选手。船在沿着海岸由南向岛子东侧驶去。留在岸边的海女们以老行商为中心围了一圈唱起歌来。

海湾的海水湛蓝清澈，在海面风平浪静时，可以清楚地看到被红色海藻包裹着的圆形岩石似乎已漂浮到水面。但实际上水还很深，离得尚远。汹涌的波涛滚过，那波浪的纹路、折光和飞沫一如原样地在海底岩石上投下了影子。狂涛刚高高涌起，又在岸边岩石上拍碎。这时，深深叹息般的喧嚣声响彻整个海滨，盖住了海女们的歌声。

一小时已过，船从海湾东岸回来了。因是比赛不比平常，船上的八个人都疲惫不堪到了极点，将赤裸的上半身互相依偎着，目光投向不同的方向。纷乱而湿漉漉的头发和旁边人的头发纠缠在一起，分不清你的我的。也有两个人因为裸身太冷而互相拥抱着。乳房上起了鸡皮疙瘩，而阳光又过于明朗，她们被阳光晒黑的裸体，看起来就像一群溺死者的尸体。海岸边在喧闹地迎接她们归来，而小船却悄然无声地驶来，双方的气氛十分不相称。

一下船，八个人立即躺倒在篝火旁的沙地上，一言不发。老行商从人们手中一一接过小桶，高声地宣布着成绩：

“二十只！初江小姐第一！”

“十八只！久保家太太第二！”

获得第一和第二的初江与新治母亲用疲劳而充血的眼睛互相交换了一下眼神。原来岛上最老练的海女，败在外地海女调教出的能干毛丫头手下了。

初江默默地站起来，到岩石背阴处领取奖品，而拿过来的却是适合中年人的茶色提包。这位少女将提包硬按在新治母亲手里。新治母亲因为激动变得脸色绯红：

“怎么，给我……”

“家父曾说过对不起阿姨的话，我一直想着给您赔礼道歉呢！”

“真是个好姑娘！”老行商称赞道，大家也七嘴八舌地夸奖初江，劝新治母亲接受姑娘的好意。于是，母亲便精心地将茶色提包用纸包好，夹在裸露的腋下爽朗地说了声："谢谢！"

心直口快的母亲不客气地接受了少女的谦让。少女微笑了。母亲想道：儿子选媳妇眼光很准——岛上的是非伦理标准的判断总是这样进行着。

第十四章

梅雨期间的新治每天都在煎熬。初江的来信已经断绝。初江父亲之所以到八代神社去堵初江，一定是因为父亲发现了她的信，而其后就严格禁止女儿写信了。

还没有完全出梅的一天，照吉名下的机帆船“歌岛丸”号的船长上岛来了。“歌岛丸”号呢，则停泊在鸟羽港。

船长先去了照吉家，然后去了安夫家，天晚后到新治的老板十吉家，是最后才来到新治家的。

船长四十几岁，有三个孩子。他身材魁梧，向来自诩力大无穷，但人，却是个老实厚道的人。还是个虔诚的法华宗佛教徒，阴历盂兰盆节时如果他在村里，会代替和尚念经。船员们口中称呼的横滨阿姨呀门司阿姨呀，全都是船长的女人。船长每逢到那些港口，便带领青年们去女人家里喝酒。阿姨们衣着很朴实，对青年们照顾得很周到。

船长的脑袋已经半秃，人们传说是因为玩女人造成的。所以，他总是戴着有金丝绣的制帽，把自己打扮得威风凛凛的。

船长来家，面对母亲和新治，他开门见山地说明了来意。原来这个村里，男孩到了十七八岁便要到船上当伙夫锻炼。所谓伙夫，就是在甲板上实习。新治也很快就到年龄了，船长是来问询新治愿不愿意上船去当伙夫的。

母亲没有说话。新治回答说和十吉商量后答复。船长说，十吉早同意了。

尽管如此，还是有点怪。“歌岛丸”号是照吉家的船，按说照吉是不会让自己怀恨的新治到自家船上工作的。

“不，照爷也承认你会成为一个合格船员的呀！我提出你名字，照爷也同意啦！啊呀！你就只管卖力气干吧！”

为保险起见，新治和船长二人一起去了十吉家，十吉也好一番劝导。他说，新治走了对“太平丸”号当然是个损失，不过也不能耽误年轻人的前途呀。于是，新治答应了。

次日，新治听到了一个古怪的传说，说是已经定了安夫也作为伙夫上“歌岛丸”号工作。安夫并不是主动要求当伙夫的，但照老爷子说，想和初江订婚，上船当伙夫是先决条件，安夫是不得已才答应的。

听到这些，新治的心里感到不安和悲伤，不过也涌出一线希望。

为了祈祷出海的安全，新治和母亲一起到八代神社参拜，并求了护身符。

到了出海那天，新治和安夫在船长陪同下上了轮渡船“神风丸”号去鸟羽港。安夫的送行人很多，其中还有初江，但不见照吉的影子。而新治的送行人只有母亲和阿宏。

初江一直没有朝新治这边看。当轮渡船即将起航的时候，初江在新治母亲耳边耳语了几句，并拜托转交一个小纸包。母亲把那个纸包交给了儿子。

上船后，因为船长和安夫在场，新治没法打开纸包。

他眺望着渐渐远去的歌岛，这时，这个生于斯长于斯、比什么都更爱歌岛的年轻人，才真正发现自己竟然是迫切地希望离开这个岛子。他之所以接受船长的要求，正是因为自己希望离开这个岛子。

歌岛已经影像全无，这时的新治内心趋于平静了。和每天的出海不同，今天已经不用再回那里。他从心底喊出“我，自由啦”，他第一次知晓还有这样一种奇妙的自由。

“神风丸”号冒着小雨前行。昏暗的船舱里榻榻米上，躺卧着船长和安夫，他俩已经睡着了。安夫上船后，还没有跟新治说一句话。

青年将脸贴近滴着雨水的小圆窗，借着一丝光亮来看初江给他的纸包里有什么。里面装着八代神社的护身符、初江的照片和信。信上写的是：

“从现在开始，我将每天都去八代神社祈祷新治安然无恙。我的心已经属于你，请你一定健健康康地回来啊！送你一张照片，就当我和你一起去航海了。这是在大王崎[①]照的照片呀！——这次的事，父亲虽然什么也没说，但在我想来，他特意让新治和安夫上了自家的船，好像有什么别的考虑。我总觉得好像看到了某种希望。请你不要丢弃希望好好加油干吧！”

信，给了新治勇气。他感到自己双臂充满了力气，活下去的价值在周身猛增。安夫还在熟睡。新治借着小窗透出的一点光亮入神地端详着凭靠在大王崎巨松旁亭亭玉立的少女小照，在那照片中，海风吹动着少女的衣裙下摆。回想去年夏天，海风也是如此地透过她的白色连衣裙来抚摸她的肌肤，并在她肌肤上纠缠不休的，回想到自己也曾干过和海风同样的事，这就使他勇气倍增。

因为舍不得收起，新治一直在端详照片。立在圆窗一端的照片后面，烟雨蒙蒙中的答志岛从右面缓缓平移过来……青年的心再次失去了平静。希望反而撕咬着他的心——不过，恋爱的这种不可思议的作用对他来说，已经并不陌生了。

到鸟羽港时，雨已经停了。云开雾散，不很强烈的银白色的光从云缝中洒下来。

---

① 大王崎，位于日本三重县志摩市大王町波切，是将熊野滩和远州滩分开的海角。

在鸟羽港停泊的船大多是小型渔船，所以一百八十五吨位的"歌岛丸"号特别显眼。三个人跳上了被雨后阳光照得闪闪发亮的甲板，雨滴顺着涂白漆的桅杆流下来。威严的起重机将它那起重臂伸到船舱上空。

船员们还没有回来。船长将两人带入船室，这是一间八张榻榻米大小的房间，在厨房和食堂上面。除了储藏间和中间地板上铺了薄席子外，右侧是两张双层床，左侧只有一张双层床和轮机长的床。女明星的照片像护身符一样贴在天棚上。

新治和安夫被分配在右侧靠中间的双层床。在这个房间里休息的除了轮机长之外，还有大副、二副、水手长、水手、注油手等，不过总是有一两人当班，所以现有的床已经足够了。

接着，船长又带他俩参观了船桥、船长室、船舱和食堂，然后留下话让他俩在船员回来之前在船室休息，就离开了。船室里只剩下他俩时，两个人面面相觑。安夫心中很不落底，首先打破僵局退让了：

"现在就剩你我两个朋友啦！在岛上虽然出现过各种纠葛，但今后咱们还是和睦相处吧！"

"哦。"新治少言寡语地只回答了一声。

——近黄昏时刻，船员们都回来了。因为几乎都是歌岛人，所以全是新治和安夫都认识的人。他们嘴里喷着酒气嘲弄了两个人一通，然后，告诉了他俩每天的工作以及各项任务。

船明晨九点起航。新治被分派的任务是在天刚蒙蒙亮时要摘下桅杆上的停泊灯。停泊灯就好像住家的防雨窗一样，只要没有了就相当于发出了起床信号。那天夜里新治几乎没有睡着觉，次日天还没亮就起床了，天刚蒙蒙亮他便去摘停泊灯了。晨光笼罩在朝雾中，港口的路灯分两列一直延续到鸟羽车站。车站那边传来粗犷的货车汽笛声。布帆堆在下面，青年爬上了光秃秃的桅杆。桅杆冰冷而且湿漉漉的，细浪冲刷船底的轻轻波动如实地传导到桅杆上。雨雾弥漫的晨光熹微中，停泊灯的光呈现出迷蒙的乳白色。青年把一只手伸向吊钩，停泊灯大幅度地晃动，仿佛不愿意被摘下。湿漉漉的玻璃灯罩里的火焰摇曳，雨滴滴在青年仰着的脸上。

新治想道，下次自己再来摘这个灯会在哪个港口呢？

包租给山川运输公司的运输船"歌岛丸"号，去冲绳运输木材往返约用一个半月，然后回神户港。船通过纪伊航道中途停靠神户港，又从濑户内海向西，在门司海关接受了检疫。再从九州东岸南下，在宫崎县的日南港拿到了出港许可。日南港有海关的办公处。

在九州南端大隅半岛的东侧，有一个名叫"志布志湾"的海湾。面临该海湾的福岛港在宫崎县县界一带，火车还没开到下一站就已经过了与鹿儿岛县的交界。"歌岛丸"号在福岛港装卸货物，这次是装载了一千四百石木材。

驶出福岛港后，"歌岛丸"号就等同于其它远洋轮船了。从这里开到冲绳将要用两昼夜或更多时间。

没有装卸任务的闲暇时间里，船员们就待在船室中央的铺薄席子处听便携式唱机播放唱片。唱片只有很少几张，而且多半都划秃了，唱针又是生了锈的，所以放出的歌声丝丝拉拉的，而且那些歌都是以港口、水手、雾、对女人的回忆、南十字星、酒、带叹息的咏叹调告终。轮机长是个音乐的门外汉，他每每出海一次就试图学会一首歌，但总是记不牢，到了下次出海已经忘光。船突然一摇晃，唱针就歪斜滑向别处而划伤唱片。

晚上有时议论些漫无边际的话题一直到深夜，比如“爱情与友情”“恋爱与结婚”，还有“是否有与生理盐水等量的葡萄糖注射针剂”等话题，要进行几个小时的议论。结果呢，将已见坚持到底的人就是赢者。在岛上担任青年会会长的安夫观点条理清楚，获得了前辈们的钦佩。新治呢，只是默默地抱着膝盖，微笑地听着大家的看法。有一次，轮机长对船长说 :“那小子肯定是个傻子！”

船上的工作很忙。从起床后马上要干的打扫甲板到所有的杂务，都会推给新来的人。安夫的懒惰人们渐渐看不下去了。他的态度是只要干了分内事就行了。

由于新治庇护，并且帮安夫做安夫分内的事，所以安夫的这种态度并没有立即很明显地暴露。但是，一个早晨，逃避掉打扫甲板工作的安夫装作上厕所在船室偷懒，气得水手长大发雷霆对其加以训斥，然而这时安夫竟然用相当不妥帖的话加以反驳：

“反正老子回岛就是照爷的女婿啦！那样，这艘船就是老子的啦！”

水手长虽然气得要死，但怕万一是真的，其后就不再正面训斥安夫，而是把这个新来者桀骜不驯的顶嘴话悄悄告诉了同事。结果对安夫反而更加不利了。

忙碌的新治若不是利用每晚睡觉前的时间或值班的机会，就连看初江照片的空闲都没有。照片，不想让任何人看到。有一天因为安夫又吹嘘自己将成为初江的女婿，新治极其罕见地对他进行了一个精心的报复：他问安夫有没有初江的照片。

“唔——我有。”

安夫立即回答。新治非常清楚这是谎话。他的心里充满了幸福感。

过了一会，安夫毫不在意地问道：

“你也有吗？”

“什么？”

“初江的照片呀！”

“唔——没有。”

这恐怕是新治生来第一次扯谎。

“歌岛丸”号到了那霸。在海关接受了检疫，然后进港卸货。船不得不在此停泊三天，因为船要去运天港装运往内地的铁屑，而运天港并非通商口岸，进港需要通行证，但通行证又迟迟没有下来。运天港在冲绳岛北部，是二战中美军最先登陆日本的地点。

因一般船员不允许上岸，所以每天就从甲板眺望荒岛上的秃山来消磨时光。山上的所有树木都被登陆美军烧光，他们是害怕残留哑炮弹。

朝鲜战争虽已告结束，但岛上的情形还是非同寻常。战斗机演习的轰鸣声每天不绝于耳，沿着海港宽阔的混凝土马路，亚热带的夏日阳光当空照射，数不清的汽车熙熙攘攘。有小轿车，有卡车，也有军用汽车。沿路紧急修建的美军临时宿舍发出沥青黑油油的闪光，民房几乎全部毁于兵火，胡乱拼凑的白铁皮屋顶大煞风景，给这里增添了几分破烂不堪的印象。

上岸的只有大副，他是去山川运输公司的承包公司请代理商的。

回航运天港的许可终于下来了。"歌岛丸"号进入运天港将铁屑装载完毕。这时，接到警报说是台风要来了，冲绳将在其风力半径之内。为尽早起航逃到台风圈外，船起早出港了。然后只消一路奔向内地就可以了。

早晨，下着小雨，波涛汹涌，风是西南风。

背后的山立即看不见了，"歌岛丸"号依靠罗盘针在视野狭窄的大海上航行了六个小时。气压计指示急剧下降，波浪更高了，气压低到了非同寻常的程度。

船长决心要返回运天港。风雨大作，能见度几乎为零，回运天港的六小时极为艰难。总算看见运天港的山了，对这里地形了如指掌的水手长站在船头警戒。该港被两海里宽的珊瑚礁环抱，所以要穿过连浮标设备都没有的珊瑚礁间隙的航道是相当困难的。

“停止……前进……停止……前进！”

“歌岛丸”号几度停驶减速，进入了珊瑚礁的缝隙，那时是下午六点钟。

珊瑚礁内侧有一艘捕鲣鱼船在避难。“歌岛丸”号用几根缆绳和这艘船船舷连在一起，这才得以进入运天港。港内波浪虽然小了一些，但风刮得更猛了。船舷并列的“歌岛丸”号和捕鲣鱼船为了防止风灾，将各自的船头分别用两根绳索和两根钢缆拴到港内有三个榻榻米大小的浮标上。

“歌岛丸”号没有无线电通信设备，是光靠罗盘针作为航海的指针的。在这里，捕鲣鱼船的无线电台长将台风的去向信息一一通知了“歌岛丸”号的指挥塔。

不能断言绳索和钢缆没有断裂的危险，为了对其时刻监视，入夜后，捕鲣鱼船派出每班四人进行警戒，“歌岛丸”号也派出每班三人担任警戒。

浮标是否保得住都已经令人担心了。不过，人们更加担心绳索是否会断裂。所谓警戒，就是一边和风浪搏斗，一边多次冒险去用盐水浸湿绳索，因为过于干燥就有断裂的危险。

晚九点，两艘船被风速二十五米的台风包围了。

晚十一点开始，是新治、安夫和另一年轻水手值班。三个人跌跌撞撞地爬上了甲板，海水的飞沫像针扎一样打在他们脸上。

在甲板上无法站立。甲板像一堵墙一样横挡在眼前，船的所有部分都在嘎嘎作响。港口内的波浪虽然没到清洗甲板的程度，但风吹起的波浪飞沫变成翻滚的水雾蒙蔽了视线。三个人总算爬到了船头的铁桩那里紧紧抓住铁桩。两根绳索和两根钢缆就是将这个铁桩和浮标拴在一起的。

夜半，前方二十米远的浮标朦胧可见，只是白色物体在一片黑暗中微微显示其存在而已。而且，钢缆发出近乎惨叫一样的吱吱嘎嘎声响，与此同时，一股强风狠狠地砸过来，把船体高高抬起，浮标在黑暗中则落到下面，显得又远又小。

三个人紧紧抓住铁桩，只是互相交换一下眼神，说不出话。因为海水打在脸上，他们连眼睛都几乎睁不开。风吼海啸反而为笼罩这三人的无尽夜晚增添了几分狂暴的寂静。

他们的任务是盯住绳索。绳索和钢缆绷得很紧，将浮标和“歌岛丸”号连接在一起。在狂风肆虐中似乎所有的东西都在动摇，唯独那些绳索和钢缆画出一条坚定的直线。目不转睛地盯着它们，就给他们心里带来一种由专注而产生的信心。

有时，风好像突然一下子要停住，但那一瞬间却反而让三人不寒而栗。又一股强风砸来打得帆杠颤抖，令人恐怖的响动把一股气流推向远方。

三人默默地监视着绳索。绳索在呼啸的风声中断断续续地发出尖锐的轧轧声。

“你们看！”

安夫大喊一声，钢缆发出不祥的声响，缠在铁桩上的钢缆这端似乎有点移位，三人看到了眼前铁桩的某些令人恐怖的微妙变化。就在这时，黑暗中一条钢缆反弹过来，像钢鞭般地一闪，打在铁桩上发出闷响。

三人顷刻之间卧倒在甲板上，躲过了被折断的钢缆打中的一场劫难。如果被打到，肯定是皮开肉绽。钢缆像一头垂死挣扎的生物一样发出尖叫，在黑暗的甲板上乱窜着画了一个半圆后归于平静。三个人脸吓得苍白，总算看明白了事态的严重性——拴船的四根绳缆中已断了一根，剩下的一根钢缆和两根绳索也难保其不断。

“报告船长吧！”

安夫说完离开了铁桩。他一边走一边抓住各种固定的物件，几次摔倒总算折腾到指挥塔处，把事情向船长报告了。身材高大的男子汉船长倒是很沉着，至少看起来是那样。

“是吗？看来是不是要用保险索了？台风在凌晨一点是高峰，现在拴上保险索就没问题了。谁游过去，把保险索拴到浮标上？”

船长和大副将指挥塔事务委托给二副后跟着安夫过来了。他们把保险索和另外一条新的细绳像老鼠拖粘糕一样，慢慢地又是滚又是拖地将其从指挥塔拖到船头的铁桩。

新治和水手抬起了询问的目光。

船长弯腰大声喊道：

“哪个小子敢去把保险索拴到对面浮标上？”

风的吼叫声将四人沉默的尴尬抵消了几分。

“没人去吗？全是他妈的熊蛋包！”

船长再次喊道。安夫嘴唇颤抖，成了缩头乌龟。新治则爽朗地高声喊道：

“我去！”

“好！去一趟把它搞定！”

新治站起身来，他很为自己刚才低下身子的事而感羞耻。来自黑夜深处的狂风从正面直接打到他身上，他两脚稳稳地站在摇晃的甲板上，这甲板对习惯于坏天气出海打鱼的他来说，只不过算个稍微发点小脾气的地面罢了。

他侧耳倾听，台风正在他勇敢的头上肆虐。无论是大自然安逸的午睡，还是这种疯狂的飨宴，他都免不了被请去做客。雨衣内侧完全被汗水湿透，汗水浸泡着他的后背和胸脯，因此他将雨衣甩掉。于是，一个穿着白色圆领衬衣的赤脚小伙子的身姿浮现在暴风雨的黑暗中。

船长指挥着四人，将保险索的一端拴在铁桩上，另一端拴在细绳上。受制于风的阻挠，作业迟迟不能进展。保险索拴好之后，船长将细绳的绳头交给新治，并在他耳边喊道：

“你把这细绳缠在身上游过去，然后从浮标那把保险索捯过去拴在浮标上！”

新治将细绳在自己裤子的腰带上缠了两圈。他站在船头俯视着大海。激浪在船头撞击得粉碎，水花和飞沫之下翻滚着无法看清的漆黑波涛。它在反复着不规则的动作，其中潜藏着紊乱而危险的随心所欲，眼看着好像逼近到眼前，却又突然急转直下，露出旋涡翻滚、深不见底的深渊。

这时，新治心里掠过一件心事，那就是挂在船室的上衣内袋里装着的初江照片。不过，这个不合时宜的闪念旋即被风撕碎，他用力踩踏一下甲板，纵身跳入海中。

到浮标距离二十米。他相信自己的臂力不输任何人，且游泳技术和耐力能让他围着歌岛游五圈，但即便如此，也不敢说能顺利游过这二十米。有一股可怕的力量压向他的双臂，就像被无形的棍子打懵，身体不由自主地随波浪荡来荡去，自己的力量刚刚和波浪势均力敌扭住对方，却突然白用了力气，就像脚被油粘住了一样。新治自信浮标已触手可及，但他从浪里抬眼望去，却发觉仍然和原来一样遥不可及。由于这位青年竭尽平生之力地游水，巨大的阻力一点点甘拜下风，终于杀开一条通路，宛如用凿岩机打穿了坚硬的岩石。

当手可以碰到浮标时，新治手一打滑，浮标又被推回。随后的这一回合，他幸运地被波浪一下子推过去，他的胸脯几乎撞上浮标，借此良机他一口气爬上浮标。他做了一次深呼吸，风一下堵塞了他的口鼻，噎住了。那一瞬间，他以为是不是要憋死了，以至于一时都忘了下一步该做什么。

浮标放任地委身于黝黯的大海，任其摆布而摇晃着。激浪一次次冲洗着半个浮标，然后喧嚣而去。新治为防止自己被风吹跑，伏下身体来解身上的细绳，被海水浸湿的绳扣很难解开。

新治牵拉着已经解开的细绳，这时他才有余力看看船那边。船头铁桩那里，有四个人影抱成一团。捕鲣鱼船的船头，也有值班人员在注视这边。虽然仅仅二十米，但显得相当遥远。拴在一起的两艘船的黑影同时高高升起，又低低地落下去。

风对细绳的阻力很小，所以用手捯细绳比较容易，但突然绳头沉重起来，直径十二厘米的保险索被捯上来了，新治险些被拖入海中。

风的阻力狠狠地打在保险索上，新治的手总算握住了保险索的绳头，保险索很粗，以致他那强有力的大手掌都把握不过来。

新治很难使上劲。他想站稳脚跟，但风不允许他采取这个姿势。因为一个不留神，让保险索在力气上占了上风，他就有可能被拖进海里。他湿透的身体在发热，脸变得滚烫，太阳穴在剧烈地跳动。

当他将保险索在浮标上缠了一圈以后，操作就比较容易了。而且有了力的支点，粗粗的保险索反而要依赖新治的身体来支撑了。

他又缠了一圈，然后沉着地加固绳结，举手宣告成功。

他清楚地看到船上的四个人挥手回应。青年忘记了疲劳，快活的本能复苏了，已筋疲力尽的身体翻涌出新的活力。他迎着暴风雨畅快地吸了口气，跳进海里。

甲板上放下来的绳索将新治救起，船长的大手掌拍拍这位年轻人的肩膀。他疲劳得几乎就要昏过去，是男子汉的精神支撑着他。

船长命令安夫搀扶着他去船室。没有当班的人们帮助擦拭新治的身体。小伙子一上床即入梦乡，暴风雨多大的喧嚣都已经无法阻挠他的安睡了。

次晨，新治一睁眼，枕旁已洒下了明媚的阳光。

他从寝床旁的圆窗口看到了台风过后的湛蓝晴空、亚热带太阳照射下的秃山以及大海平静的闪光。

第十五章

船长、新治和安夫本该在八月中旬旧盂兰盆节前回到歌岛，但“歌岛丸”号回到神户港比原计划晚了几天。所以，回到歌岛时没赶上盂兰盆节。在轮渡船“神风丸”号甲板上，三个人听到了岛上的新闻。旧盂兰盆节前四五天，一只大龟爬上了古里海滨。龟马上被杀掉了，龟蛋装了满满一桶，以两日元一个的价格卖掉了。

新治到八代神社去谢恩，然后立即受到十吉宴请。不会喝酒的新治被十吉灌了好几杯。

从第三天开始，新治就又上了十吉的船出海捕鱼了。关于上次航海新治虽只字没提，但十吉已从船长那里一一听说。

“听说你立了大功啦！”

“没什么。”

青年有点脸红，但没有再多说一句。如果不了解他的为人，一定还以为他这一个半月是在什么地方睡大觉来着呢！

良久，十吉这样问道：

“照爷什么也没说吗？”

“嗯。”

“原来这样。”

谁也没有谈及初江，而新治也并没有感到多么寂寞。三伏天巨浪无风而起，他在颠簸的船上全身心投入自己倍感亲切的劳动。那劳动就像做工考究的衣服，和他的身心丝丝入扣，没有其他烦恼潜藏的余地。

他一直怀着一种奇怪的满足感。傍晚在近海中航行的一艘白色的货轮身影与很久以前所见到的有所区别，给了他一种新的激情。

“我知道那艘轮船的去向。船上的生活及它的艰苦，我全知道。”新治想道。至少那艘白色轮船的身影已不再是虚无缥缈。但晚夏的黄昏，拖拉着长长黑烟渐行渐远的白色货轮的真实身影比虚无缥缈更加吸引他的心。新治回忆起拼尽平生力气将那条保险索拉到自己掌中时那保险索的分量，那就是他真真切切地用他坚实的手，触碰到一次他曾经远眺的“虚无缥缈”，他感觉自己触碰到了海中的白色轮船。受到一种孩子似的心情的驱使，他抬起骨节粗壮的五根手指，手搭凉棚眺望晚云已经密布的东方海面。

暑假已经过去一半，而千代子还迟迟未归。灯塔长夫妇每天等待着女儿回岛。发出了催促的信，但渺无音信。再发一封，过了十天才迟迟回信。没说理由，只是简单写着“这个暑假不回岛了”。

母亲最后想出哭诉的一手，又发出一封十多张信纸的快信，动之以情恳求女儿回来。回信到了的时候暑假已所剩无几，新治回岛也已经过了七天了。这封信的内容让母亲大吃一惊。

千代子在信里向母亲坦白了在暴风雨那天，她看到了从石阶上相互依偎走下来的那两个人，自己多管闲事向安夫胡说乱道，将新治和初江打入痛苦的深渊，一种犯罪感至今折磨着千代子的心。只要新治和初江没有幸福，自己就不能厚着脸皮回岛。因此，她说如母亲能居中做工作说服照吉，使那两位有情人终成眷属，那么以此为条件她就可以回岛，云云。

这封悲剧性的信提出的自己回岛来的条件，让善良的母亲胆战心惊。灯塔长夫人甚至想到，如自己不采取适当措施，女儿经不起良心的谴责会不会自杀呀？这位夫人在各种书籍中读到过年轻姑娘为一些芝麻绿豆小事而自杀身亡的可怕事例。

灯塔长夫人决定这封信不给丈夫看，她想，一切都要自己火速处理，以实现女儿的早日归岛。她换上了外出时穿的白色麻布西装，这时，拜访学生家长来处理棘手问题的女校老师气概又回到了她身上。

下到村里的路旁人家，房前铺着席子，上面晒着芝麻、小豆、大豆等。芝麻的青色小粒沐浴着晚夏的阳光，在色泽新鲜的草席粗纹上增添出一个个可爱的纺锤状影子。从这里俯视大海，今天的波涛并不很高。

灯塔长夫人穿着白色凉皮鞋发出轻轻的脚步声，从村里混凝土大道上一级级走下去，听到一阵阵热闹的笑闹声和捶打湿衣物的声音传来。

定睛一看，原来在沿路小河旁，六七个穿着简便服装的女人正在洗衣服。旧盂兰盆节过后，她们偶尔去采集黑海带，闲下来的海女们就拼命洗积攒下来的脏衣服，里面也有新治的母亲。谁都几乎不用肥皂，而是把衣服放在扁平石头上用双脚踩。

“啊呀！太太，今天这是要到哪儿去呀？”

女人们异口同声地这样打招呼，并鞠躬表敬意。她们卷起便服露出的黑腿上，晃动着水影。

“到宫田照吉家去一趟。”

夫人这样回答，她想，既然见到了新治母亲，又一言不发地去调解人家儿子的婚事有点不自然。她从石板路上绕过来，走到下面长满青苔容易滑倒的石板上。穿着凉鞋的脚下有点不稳，她把身子背向河面，一边几次回头偷偷看河面，一边抓住石阶慢慢地走下来。一个女人站在小河中央，伸手帮了她一把。

一下到河边，夫人脱掉了光脚穿的凉鞋，开始过河。

对岸的女人们目瞪口呆地望着夫人的这个冒险行动。

夫人抓住新治母亲，在她耳边说了句周围都能听到的、笨拙的悄悄话：

“其实呀，在这种地方问话有点那个，但是，不知新治君和初江小姐的事后来究竟怎样了？”

听到这突如其来的问询，新治母亲吃惊得瞪大了眼睛。

“新治君是喜欢初江小姐的吧？”

“这个，啊，怎么说呢……”

“尽管这样，可照吉老爷子从中阻挠，是吧？”

“这个，怎么说呢……所以我也跟着操心……”

“那么，初江小姐本人怎么说呢？”

其他海女们无论如何也要掺和进这已经听到的悄悄话里。因为首先，谈到初江，上次老行商举办比赛以来，大家都站在初江一边，从初江本人那里也听到了她的真心话，所以是一致反对照吉的。

“初江小姐也一直喜欢新治君的呀。太太！真的！可是呀，照老爷子打算招那个没出息的安夫当养老女婿，还有这么荒唐的事情吗？”

“就是这回事啊！”夫人用讲台上讲课的口吻接着说道，“我家在东京的姑娘下了最后通牒，要我一定要让那两人结合！我现在正要到照吉家去谈谈呢！我想，也得事先问问新治君母亲的意见啊！”

新治母亲拿起了脚下踩着的儿子的睡衣。她使劲地往下拧水，就这样思考了一会儿。良久，新治母亲向夫人深深鞠躬说道：

“那就拜托啦！”

其他海女们受一种义气驱使，像河边的水禽一样吵吵嚷嚷地互相商量，想到了一个主意，由她们代表村中妇女跟随夫人同去，她们觉得这样人多势众，有利于从气势上压倒照吉。夫人同意了，新治母亲以外的五名海女和夫人商定后，急忙把洗的衣服拧去水送回家，然后在去照吉家路上的拐弯处汇合。

灯塔长夫人走进宫田家昏暗的土间。

“你好！”

她声音还像年轻人一样响亮有力。没有反应。在屋外，五位脸晒得很黑的女人因为热心，眼里闪着光辉，她们像仙人掌一样探头探脑地观察着土间。夫人又喊了一声，声音在空空荡荡的家中回响。

过了一会，楼梯上传来了响声，照吉穿着浴衣下来了。初江好像不在家。

“嗬，灯塔长夫人！”

照吉威风凛凛地站在门框旁自言自语地寒暄了一句。倘若是一般来客，一看到主人毫无和蔼可亲的态度，倒竖着马鬃般的白发来接待客人，恐怕十有八九想溜之大吉了。夫人虽然也有点畏缩，但她还是鼓起勇气说：

“有话想跟您面谈。”

“是吗？请进来吧！”

照吉一转身很快地上了另一处楼梯。夫人紧随其后，五个女人也在后面蹑手蹑脚地跟上了。

照吉把夫人请到二楼最里面的客厅，他自己坐到壁龛立柱前面，虽然眼见进屋的来客增加到了六位，倒也没显得有多么吃惊。他有点无视来客，两眼看着敞开的窗户那边，手里把玩着有美女画的团扇，那是鸟羽港药店的广告。

从窗户可以看得见歌岛港就在紧下方。堤防里只有一艘船，是合作社的船停泊在那里。伊势海遥远的彼方上空，停留着夏天的云。

由于外面太亮，室内显得昏暗。壁龛里挂着两代前先人担任三重县知事时写的书法作品，还有用盘根错节的树根雕成的一对根雕鸡，是利用细微分叉的树枝就势做成的鸡尾和鸡冠，浑身发出树脂一样的亮光。

没有铺桌布的紫檀桌子这边，坐着灯塔长夫人。门口的帘子前面，五名海女不知把刚才的气势忘到哪里去了，坐成四角形，犹如举行便装秀。

照吉朝向别处沉默不语。

夏天过午的闷热中，沉默压在人们心头，只听得见房间中到处飞舞的几只绿头苍蝇的嗡嗡声。

灯塔长夫人几次擦汗。

她终于开口说道：

“那个，刚才说的有话要谈，指的是府上的初江小姐和久保家的新治君的事……”

照吉仍然朝向别处。良久，他才冒出一句：

“你是说初江和新治啊？”

“嗯。”

照吉这才转过脸，一脸严峻，毫无笑容：

“那件事已经定啦！新治是要成为初江夫婿的人。”

女客们好像决堤一般地嚷嚷起来。但照吉不管客人们的情感，继续说：

“尽管如此，我觉得两人毕竟都太年轻，眼下也就是先订个婚，等新治成人后再正式办婚礼。听说新治的母亲生活也不宽裕，把他母亲和弟弟接过来一起过也可；或者看双方意见，每月给些钱补助一下也行。这话倒是还没对任何人说过。

“开头我也很生气，可是你棒打鸳鸯吧，初江又像是丢了魂。我想，这也不是个事，所以就想了个辙，拜托船长让新治和安夫上我家的船，看看哪个是有前途的男子汉。这个话船长也跟十吉透了底。十吉呢，可能还什么也没对新治说吧！好啦，就是这么一回事。船长很中意新治，说是再没有比他更好的女婿啦！新治呢，在冲绳又立了大功，我也就重新考虑，决定招他为女婿啦！说千道万……”

照吉加重了语气：

“男子汉要的是魄力，要有魄力才行，歌岛的汉子没魄力可不行。门第和财产是次要的，对不对？夫人，新治有的是魄力啊！”

第十六章

新治可以名正言顺地拜访宫田家了。一个晚上，新治出海回来，两手各拎着一条大加吉鱼，身穿精干的白色开衫和长裤，在宫田家门口呼喊初江的名字。

初江已收拾停当正在等他。他俩已能够相约一起去八代神社和灯塔那里报告订婚喜讯并表示感谢了。

土间周围的黝黯变明亮了，因为出来的初江身穿白地儿大朵牵牛花图案的浴衣，那个白地儿在夜里格外鲜亮，这是上次从老行商那买的。新治把一只手搭在门口等待着，一见初江出来，便急忙低下头，用一只穿着木屐的脚驱赶那周围的蚊子，自言自语地说：

“好厉害的蚊子！”

“是啊！”

二人登上了八代神社的石阶。本来一口气跑上去毫无问题，但心满意足的两个人却像仔细玩味着幸福似的一级一级地爬上去。到了第一百级左右的时候，感到再往上爬有些可惜。青年本想拉住初江的手，但手中的加吉鱼妨碍了他这样做。

上天也对他俩垂怜恩宠。他俩爬石阶到了顶端，回望伊势海。这时，夜空星光灿烂，要说云，只有知多半岛那边低低盘桓于上空的云，间或划过无声的闪电。波涛也并不汹涌。大海似乎在发出健康的鼾声，听起来规整而又安详。

穿过松树林，到朴实无华的神社去参拜。青年自豪地感到自己的击掌声清亮有力、响彻四方。于是，他又拍了一次手。初江在低头祈祷。白地儿浴衣的白衣领映衬得她的脖子并不白，但这个不白的脖子比任何白皙的粉颈更能吸引新治的心。

青年心中再次充满了得天独厚的幸福感：诸神把我的夙愿统统都满足了。两人再次进行了长时间的祈祷，他们深感对诸神的深信不疑带来了诸神的庇佑，他俩对此感激莫名。

神社办公室灯火通明。新治招呼一声，窗户开了，神官探出头来。因为新治的口头表达不得要领，所以，二人的意思很难让神官明白。最后总算互相能沟通了。新治拿出了神前供品加吉鱼。接到这么好的大鱼，神官想到不久自己将亲手主持他俩的婚礼，便发自内心地表示了祝贺。

二人从神社背后爬上了松林路，他们这才体味到深夜的凉意。天已经黑了，但茅蜩在鸣叫。去往灯塔的路很不好走。因为已空了一只手，新治牵起了初江的手。

“我呀！”新治说，“不久要参加考试，拿下海员资格证，将来当大副！满二十岁才能拿资格证呀！”

“真好！”

“拿到了资格证，就可以办婚礼啦！”

初江没有回答，只是害羞地笑了。

从“女坡”拐个弯，接近灯塔长家的灯光时，从玻璃窗外可以看到灯塔长夫人在厨房准备晚饭的身影。新治像往常一样对着窗户招呼了一声。

夫人开了门，看到了在苍茫暮色中站立的青年和他的未婚妻。

“呀嗬！一起来啦？”

夫人两只手勉强把新治递过来的大鱼接过来，然后高声喊道：“孩子她爹！新治君送来了好大的加吉鱼啊！”

不爱动的灯塔长在里面没有动窝地喊道：

“总是麻烦你，谢谢啦！这次要祝贺你们啦！快！进来吧！进来吧！”

“快点！进来吧！”夫人补充了一句，“明天千代子也回来呀！”青年丝毫不了解自己给予千代子的感动、纠结和困惑，他想都没想地听取了夫人没来由补充的这句话，当然不明就里。

因为被硬性留下吃饭，二人在灯塔长家待了近一小时，临走时灯塔长建议参观一下灯塔内部。刚刚回岛的初江从没见过灯塔里面。

灯塔长先把二人带入值班室。

值班室在爬上混凝土台阶的地方，要经过一片小小农田的旁边，而那里昨天刚刚撒下萝卜的种子。灯塔建在傍山的高台上，值班室则对着悬崖。

灯塔的灯光在值班室对面的悬崖那边形成一根光的雾柱，从右向左横扫移动。灯塔长打开门自己先进去，点着了灯火。灯光下显现出来挂在窗柱上的三角尺、收拾得井井有条的桌子、桌子上摆的船舶通过的记录本以及架在窗户旁三脚架上的望远镜等。

灯塔长打开窗户，亲自将望远镜调到初江观看的高度。

“哇！好漂亮！”

初江一边用浴衣袖子擦拭镜片，一边重新观看，发出了赞叹的声音。

新治用他那视力极佳的眼睛也在观察初江所指方向的灯火，解说给她听。初江没有把眼睛从望远镜上挪开，用手指着东南方海面星罗棋布的几十处灯光。

“那个灯火吗？那是机船拖网的灯光。全是爱知县的船呀！”

海面上灯光星星点点，天空中群星璀璨，两者宛如一一对应一般。眼前有伊良湖海角灯塔的灯光。伊良湖海角街道上的灯火在背后稀稀落落，左边依稀可见篠岛的灯火。

左端见到的是知多半岛野间海角的灯塔，右端是丰浜町的万家灯火。中央的红灯，是丰浜町堤防的警示灯。最右边大山顶上的航空塔台在闪闪发光。

初江再次发出感叹。因为镜头的视野里进来了一艘大吨位巨轮。

那是过于神奇、肉眼无法看到的明晰而微妙的影像，所以当巨轮在镜头中通过的那段时间，青年和他的未婚妻便互相谦让轮流观看。

巨轮好像是艘两三千吨位的客货两用船，散步甲板最里侧，清晰可见几张铺着白色桌布的桌子和椅子，但空无一人。

可以看见那个好像餐厅的房间最里边涂着白沥青的墙壁和窗户，右边突然出现了一位侍应生从窗前走过……

不久，开着绿色前灯和后桅灯的巨轮从望远镜视野里离开，通过伊良湖航道向太平洋方向驶去。

灯塔长把二人领到灯塔处。一楼放有注油器、油灯、油罐等，发电机在隆隆作响地工作，很窄的螺旋楼梯顶头是一个圆形的孤独小屋，灯塔的光源悄然安置于这里。

二人从窗户看到，那灯塔之光柱从右往左大片横扫过昏暗而汹涌澎湃的伊良湖航道。

心思周到的灯塔长将二人留在那里，自己走下了螺旋楼梯。

顶上的圆形小屋，周围围着一圈磨光的木墙，黄铜的金属器件闪闪发光，厚厚的聚光镜将光源五百瓦的电灯扩大到六万五千烛光[①]，保持着发射连闪白光的速度，缓缓地转动。透镜的光影，伴随着明治时代灯塔特有的叮叮叮的转动声，先从四周的圆形木墙扫过，又从脸贴窗户的青年及其未婚妻的后背上扫过。

---

① 发光强度单位最初是用蜡烛来定义，单位为烛光。

两人都感到互相离得极近，要想贴脸触碰对方立刻就能碰到，同时内心燃烧着的火热激情也彼此触手可及。……而两人面前呢，却是深不可测的黑夜，白茫茫的灯塔之光规整地从他们身上扫过，由于折射的关系，转动着的透镜光影刚好将两人穿着白衬衣和白色浴衣的后背形状照得扭曲了。

现在，新治想到，尽管经过了种种挫折，其结果，他们在一种伦理道德中获得了自由，诸神的庇佑一刻都没有离开他们。他还想到，这个被黑暗笼罩的小岛护卫了他们的幸福，玉成了他们的恋爱。……

突然，初江对着新治一笑，从怀里掏出小小的桃红色贝壳拿给新治看：

“这个，你还记得吗？”

“记得。”

青年露出好看的牙齿微笑了。接着，他从自己的衬衣内衣袋里拿出初江的照片给初江看。

初江轻轻碰了一下自己的照片，便还给了男子。

少女眼里浮现出自豪的表情，她认为是自己的照片护卫了新治。然而这时，青年皱了皱眉头，他知道，自己能闯过难关遇难呈祥靠的是自己的力量。

——一九五四年四月四日——

译后附言

承蒙上海译文出版社的高度信任，盛情约笔者翻译本作品，感到万分荣幸。必须提出的是，翻译过程中得到了日本学者三室勇先生、日野范之先生的大力协助，使译者在若干疑难、费解之处受益匪浅。对以上两位日本学者，在此一并深表谢忱。但译者水平毕竟有限，谬误之处在所难免，敬请前辈同仁以及老中青读者朋友多多指正。

王述坤

2018 年 8 月 10 日于南京

图书在版编目（CIP）数据

潮骚 /（日）三岛由纪夫著；王述坤译. —上海：
上海译文出版社，2019.4（2025.11重印）
（三岛由纪夫作品系列）
ISBN 978-7-5327-8000-6

Ⅰ. ①潮… Ⅱ. ①三… ②王… Ⅲ. ①中篇小说—日
本—现代 Ⅳ. ①I313.45

中国版本图书馆CIP数据核字（2019）第026789号

根据『決定版三島由紀夫4』（新潮社2001年3月10日）收录的『潮騷』译出。

图字：09-2007-784号

潮骚
潮騒

［日］三岛由纪夫　著
王述坤　译

出版统筹　赵武平
责任编辑　叶晓瑶
装帧设计　徐小英

上海译文出版社有限公司出版、发行
网址：www.yiwen.com.cn
201101　上海市闵行区号景路159弄B座
山东韵杰文化科技有限公司印刷

开本 890×1240　1/32　印张 5　插页 6　字数 67,000
2019年4月第1版　2025年11月第6次印刷

ISBN 978-7-5327-8000-6
定价：35.00元